魔女宅急便

特別篇1

與琪琪相遇的人們

魔女の宅急便特別編 1キキに出会った人びと

角野榮子 ——— 著　涂祐庭 ——— 譯　佐竹美保 ——— 繪

目次

角野榮子給臺灣讀者的序

故事的起點

《魔女宅急便》的故事，要從女兒畫的一幅魔女畫說起。畫中的魔女乘著掃帚，在夜空飛行。掃帚的尾巴上坐著一隻黑貓，柄上掛著一臺收音機，收音機上飛出好多好多的音符。

女兒畫這幅畫時，正值十二歲。因此，我萌生了以年紀相仿的魔女為主角，寫個故事的念頭。

聽著收音機的音樂在空中飛行，想必是一件快意的事。我也想嘗試看看。寫著故事的當下，也同樣有了飛在空中的感覺！

這麼說來，畫中的魔女確實是在空中飛行。於是，我有了讓魔女當快遞送宅急便的想法。想到這裡，故事便開始動了起來。

首先，要決定登場角色的名字。最先定下名字的，是一直陪在魔女身邊的貓咪。過去我在巴西生活時，有一位叫做「喬喬」的朋友。我稍微改了一下他的名字，便成了「吉吉」。

另一方面，魔女的名字則遲遲無法定案。「吉吉」是由兩個發音相同的字組成，所以，我想再次使用同音字做為名字。途中考慮過「咪咪」、「卡卡」、「拉拉」等許多選項，但是都與我構思的魔女不相稱。就這樣，我每天不斷的思考，最後終於找到「琪琪」這個答案。實際念了一遍，就覺得再也沒有其他更合適的名字了。「琪琪」聽起來既可愛，又有一點魔女的味道，而且也很好記。

這一刻，琪琪喊出「榮子，請多指教！」，開始在天空飛行。我當然也追在後面，飛了起來。在撰寫故事的期間，我感覺自己真的飛在空中。若不這麼想，我可能沒辦法將天上的風是怎麼吹的，從空中俯瞰的城鎮模樣，描寫得讓人一看就能想像出畫面。

有時候到寬廣的原野上，我會張開雙手，躺到草地上仰望天空。每當我這麼做，便會覺得自己置身空中，甚至還能看見琪琪坐在掃帚上，在身旁一起飛行。《魔女宅急便》就是這樣開始的。

不過，琪琪才十三歲，還是個實習魔女。就算當快遞送東西，大家也不太信任她，甚至擔心自己的東西被掉包。

琪琪靠著開朗的個性，漸漸被居民接納。麵包店老闆娘索娜、蜻蜓等人都是她溫柔的依靠。

即使如此，其間還是發生許許多多的事。而琪琪總是發揮她的想像力一一克服。我從小就很喜歡聽故事，喜歡讓心情隨著劇情時而緊張，時而興奮，期待後續如何發展。如果最後是能放下心來的圓滿結局，便如同經歷了一趟愉快的旅行，整個人也會很有精神。

每一篇故事都有種種「發現」，帶給人勇氣。

這些是我的親身經驗。所以，我也萌生寫這種故事的念頭。於是，全六冊，加上兩本特別篇的「魔女宅急便」系列就此誕生。

「我也要像琪琪一樣，帶著勇氣活下去！」如果你讀過琪琪的故事後，有了這樣的想法，我會非常開心。

再過不久，琪琪就要飛向臺灣的天空囉。希望你也翻開下一頁，跟著她一起飛行。

登場人物介紹

索娜

從小在麵包店長大。個性溫暖、熱情。琪琪來到克里克城的第一天，就受到了索娜小姐的照顧。

根特先生

曾擔任克里克城的市長，有懼高症，經常找琪琪幫忙。

維小姐

根特先生的太太，是位詩人，對遣詞用字很有主見。

艾兒女士

獨自居住在沙漠中，會做好吃的沙漠餅乾，是琪琪的老朋友。

刺刺怪

沙漠中的仙人掌，是艾兒女士的兒時玩伴。

祖特

沙漠中的旅人，尋找著小型的沙龍捲。

托爾渥・帕查

攝影師，青年時期曾經偶然見到琪琪從天空飛過的身影。

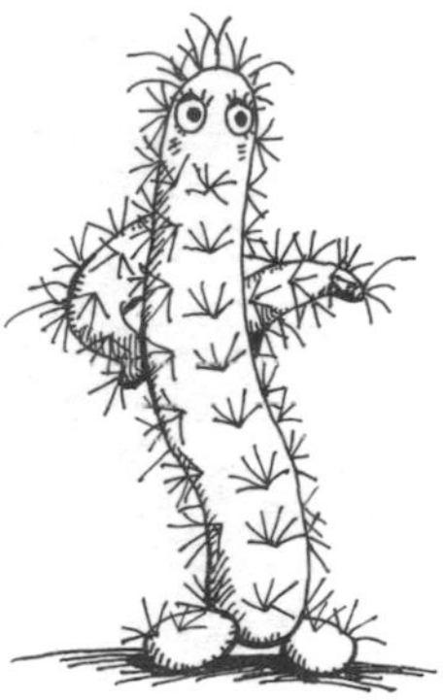

從小索娜到索娜太太

小索娜伸出像麵包一樣白白胖胖的雙手，抱著約娜的大腿。她踮起穿著小紅鞋的腳，想把最心愛的媽咪抱得更緊更緊。不過，小索娜今年才滿兩歲，只能勉強搆到媽咪的膝蓋。

至於小索娜的媽咪，她正在為明天要烤的麵包揉麵團。

桌上的麵粉不時從小索娜的頭頂飄下。這個時候，小索娜總會「啾」的打噴嚏。

「嗯？又吸到麵粉了嗎？」

約娜將揉得跟月亮一樣圓的麵團，放到一旁的檯子上。仍然緊緊抓著她的小索娜，也一起被拖過去。

「好，今天晚上要睡得香

香喔。」

約娜拍了拍麵團，然後抱起小索娜。

「來，妳也拍拍。」她拉起小索娜的小手，同樣在麵團上輕拍一下。

「這樣子，妳的魔法也傳給麵團囉。」

約娜維持抱著小索娜的姿勢，將身體往前傾，出聲喊道：「伊平，我準備好囉！」

「好——」外面傳來回應聲。

接著，約娜又一刻不得閒，開始為出門做準備。她脫下工作用的白圍裙，解開頭上的布條，對著鏡子用手簡單梳理頭髮，輕輕抹幾下口紅，揚起嘴角露出笑容。然後，她在桌上攤開一大塊布，把小索娜包進裡面，將角打結，掛到脖子上，用兩隻手牢牢的捧著。最後，等到伊平俐落的關緊門窗，兩人便匆匆忙忙的出門去。

「不知道趕不趕得上……」

約娜哄著不時在懷裡發出「喔、喔」聲的小索娜，小跑步追在大步前進的伊平身後。他們要去的地方，是城裡唯一的電影院。最後一場電影快要開始了，所以他們才這麼匆匆趕路。

直到小索娜出生的三年前，伊平和約娜同在大城市的演藝學校上課。他們都希望成為閃閃發光的電影明星。在某個偶然的機會下，兩人在戲劇排練時飾演一對戀人，因為太過投入，最後在課外也成了真正的戀人。他們的戀情不斷升溫，很快便步上紅毯，結為夫妻，搬至伊平早逝的雙親故鄉——克里克城定居。過去成為電影明星的目標，倒也乾脆的放棄了。再經過一陣子，小索娜誕生，生活逐漸步上軌道後，他們開了一間烘焙坊。

當初是否放棄得太快……如果再堅持一陣子，說不定能闖出一點名號。有些時候，約娜會閃過如此的念頭。

不過，事到如今才說這些話，永遠是為時已晚。約娜就是這麼一個說做就做，等事情發生了再說的急性子，或者該說是行動派嗎……至於伊平，又是如何呢？他不吭聲的話，十之八九代表滿意。所以約娜一直認為，他對於在小城市裡經營烘焙坊的日子，應該沒有什麼不滿。

如同稍早，伊平聽到約娜準備好麵團時，也只是簡單的應了聲「好」。由此可見，他就是個沉默寡言的人。話雖如此，當初約娜說想結婚的時候，他可是使盡全力，回應「我們結婚吧」。現在，兩人都沉浸在可愛小索娜誕生與成長的喜悅中。當然了，烘焙坊的工作同樣也沒馬虎。

至於當年痴狂追求的電影世界，現在則轉變為興趣，改以觀眾的角度欣賞。每當新片上檔，他們總是趕在第一天前往捧場。

「真好看。」

電影結束後，伊平喃喃的說道。然後，兩人會想像自己是戲中主角，親暱的勾著手，踏上歸途。

兩人每天總是早起烘烤麵包。麵包出爐後，由約娜裝進小手推車，推去克里克車站前販賣。當時，那還是一幢以木材建造、漆成黃綠色的小車站，每個小時只有一班列車停靠，算是相當閒靜。尖屋頂上有個同樣是黃綠色的大盆栽，好似車站的帽子。盆栽裡的花卉，隨著季節不同而替換。

「盆栽那麼高，是誰上去種的？又是誰澆水的啊？」

「我想啊，應該是一個好高好高的人。到了夜晚，他就跟變魔術一樣，哇——的變得好高好高吧。呵呵呵。」

每次遇到小孩子好奇的詢問，站長總是笑著如此回答。

「那麼，那個好高好高的人，白天都在哪裡？」

「他啊，在白天都會縮得好小好

小，躲在某個地方。你們要不要去找找看？這個城市啊，有很多祕密呢。」

說完後，站長眨眨眼睛，將頭轉到一旁賣關子。就這樣經過好多年，直到車站改建為止，都沒有任何一個小孩解開過這個祕密。

約娜算準列車到站的時間，將手推車停在車站前，開始大聲叫賣。她可是曾經以演員為目標的人，聲音當然相當洪亮。

「麵包喔麵包喔——剛出爐的麵包！」

也因為這樣的叫賣聲，在不知不覺間，大家都記住了「麵包喔麵包喔」這個叫賣聲。小小攤位建立了良好的口碑，當小索娜滿五歲時，他們順利的在城外的森林旁，有了一間真正的店面。

「辛苦啦。下次請再多送兩罐牛奶。對了，奶油也要多訂一包。你們家的材料很新鮮，所以我們的牛奶麵包也賣得很好喔。」

用小型車載著牛奶和奶油，每週送貨兩次的牛乳商到來時，約娜這麼跟他說。

「好的。感謝妳的惠顧。」

商人稍微舉起帽子道謝。他的腳邊有個小男孩，怯生生的躲在後面。

「來，這個請你吃。」

約娜給了這個男孩一個麻花麵包。他似乎有點難為情，後退了幾步，但還是很快的把麵包塞進口中。

「很好吃，對吧？因為啊，這是用弟弟你們家的牛奶做的喔。」約娜笑著對男孩說道。

小索娜同樣藏在母親的身後，探出半個身體看著。

「媽媽，那個人叫什麼名字？」

送牛奶的人回去後，小索娜問道。

「對喔，我也沒問過他的名字。不知道呢。每次都直接叫他『弟弟』。下次妳問問看吧。」

「可以嗎？」

小索娜開心的擺了擺手，裙襬跟著晃了幾下。

約娜看到她的模樣，滑稽的笑了出來。

「謝謝妳的惠顧。」

牛乳商用一貫的姿勢舉起帽子，恭敬的道謝。小索娜一聽見聲音，馬上踩著運動鞋，啪躂啪躂的從屋內飛奔而出，湊向躲在他身後不敢出來的小男孩。

「你叫什麼名字？」

「……」

男孩把臉撇到旁邊。

「欸，你叫什麼名字？」

「……」他還是不肯回答。

「喂，怎麼不說話？」

小索娜開始不耐煩，抬起腳要踢他。就在這個當下，路上的小石塊也被踢飛起來，「鏗」的正中男孩的額頭。

下一秒，鮮血從男孩的額頭汩汩流下。

「啊！」

約娜連忙讓小男孩橫躺在懷裡，用身上的白圍裙壓住傷口止血。

「得趕快消毒！」

她抱著男孩進屋，用水清洗傷口，上藥，貼繃帶。

「嚇了我一跳。只是稍微砸到，竟然流這麼多血。」

牛奶商摟著男孩的肩膀，這麼說。

「沒錯。眼睛上面更是容易出血！沒有傷到眼睛，真是萬幸。」

直到現在，約娜的臉色都還有點蒼白。

「實在很對不起，小索娜太不乖了，希望你能原諒她。」

小索娜躲在遠處，一臉擔心的看著。約娜投以責備的眼神。

「誰教石頭那麼剛好的砸到他呢？不要難過了。」

牛奶商對著哭出來的小索娜說道。

這一天，小索娜再也提不起精神。

「對著人家踢很危險的。知道嗎？」

「……對不起。」

小索娜垂著頭道歉後，落寞的問道：「媽媽，那個小男孩，還會再來嗎……」

「嗯——等他的痛痛好了後，就會再來了吧。」

她抱住母親，再次放聲大哭。

牛乳商再次來送貨時，那名男孩跟之前一樣，躲在爸爸的身後。他的瀏海間隱約可見繃帶的一角。

「唉呀，弟弟你來了啊。上次真的很對不起喔。傷口還痛嗎？」

在約娜的注視下，男孩輕輕搖頭。

「對、對不起……」

小索娜揪著母親的裙襬，好像又快哭出來。

這時，男孩突然對她開口：「妳叫什麼名字？」

他上次雖然一聲不吭，這次一說話，聲音倒是意外的洪亮。

小索娜挺直身體，回答他：「索娜。

大家都叫我小索娜。」

「我叫福克奧。」

小男孩這次也把臉擺到一旁。不過，他的口氣略帶一點得意。

「福克奧……我知道了。」小索娜的聲音突然變得非常小。

「下次，一起玩吧？」

這時，小男孩——不，是福克奧——終於第一次正眼看向小索娜，然後歪了歪頭。從這個反應，實在不好判斷他是不是答應。不過，好像是答應了。

從下次開始，每次福克奧的父親山彌先生為約娜家麵包店之後的六戶人家送完牛奶前，福克奧跟小索娜都會一起玩耍。

他們一起玩球，跳繩，追逐，另外一項少不了的，是「演戲」。兩人在屋內的牆壁前，模仿小索娜看過的電影片段。福克奧的家在山腳下，到克里克城的車程長達一小時，所以他從來沒進城看過電影。山彌先生的工作，是在山腳一帶的牧場收集牛奶和奶油，運到城裡販賣。

若論演戲，肯定是小索娜的強項。她會扮演警察，追捕逃跑的小偷福克奧，把椅子當成馬，跟福克奧比誰騎得快，或是將棍子想像成劍，上演激烈的打鬥……

但是跟這些比起來，小索娜最想演的其實是公主。她會拎起裙襬，轉圈跳舞，福克奧則扮成王子，抬起她的手恭敬行禮，接著勾起手臂，不發一語，裝模作樣的散步。走到一半，小索娜突然繞到福克奧的背後，蒙住他的眼睛。

「這邊小孩子不可以看。」

「為什麼啊？放開我啦。」

福克奧不願意被蒙眼睛，試圖掙脫。

「小孩子不可以看。」小索娜又說了一次。

「爸爸每次都說，那對小朋友有害。」

「有害？」福克奧不解的問道。

「那的確有點可怕。」

他撥開小索娜的手，皺著臉，摸了摸額頭上還沒褪去的傷口。

至於小索娜，她從小小年紀便接觸電影，所以多少明白父親伊平為何這麼說。每當美妙的音樂響起，旋律逐漸高亢，畫面上總是出現一對男女的臉部特寫。他們的感情好像非常好，看著看著，自己的心跳也開始加速。這個時候，伊平會用他的大手遮住小索娜的眼睛。

「小孩不可以看。」

「長大以後才能看嗎？」

「嗯。」

伊平伸出另一隻手，輕拍她的肩膀。

「天氣這麼熱，在山彌叔叔送完牛奶回來前，你們要不要去海邊玩？」約娜建議。

每年進入盛夏，克里克城大概有三天熱到讓人完全受不了。這樣的日子裡，孩子們喜歡往吹得到風的海邊跑。

「不過要答應媽媽，只有小孩子的時候不能下水喔。下次媽媽再陪你們去。」

約娜晃晃手指，對他們再三囑咐。

「哇！去海邊——」

小索娜興奮的跳上跳下。

「……」

福克奧則是點點頭，走在前面帶路。當大海映入眼簾，兩人便一口氣衝到岸邊，踢掉鞋子，在一陣陣的波浪間跳來跳去，開心得不得了。他們的臉上，沾滿了噴濺的海水和沙粒。

「好像狸貓！」小索娜指著福克奧的臉笑道。

「哼，妳也早就不像公主了！」

即使要頂嘴，福克奧連說壞話都比較收斂。

經過一陣子的玩鬧後，他們在最靠近波浪的地方蹲下，將乾沙混合泥濘的沙土，堆起沙丘。圓滾滾的山丘成形後，自然想在中間開個隧道。

他們分別從兩邊小心翼翼，一點一點的用手挖掘。順利打通隧道後，兩人開心的搔起對方的小手。不過，這還沒有結束。小索娜和福克奧接著用溼沙揉成團，沙團風乾成形後，包上乾沙讓它更堅固。兩人就這麼比賽，看誰能做出比較多沙團。最後，他們做了兩個深色的沙團，放在沙丘的頂端，如同為它戴上王冠。

快到傍晚時，海浪稍微增強，逐漸打上岸。原本「嘩啦——嘩啦——」的聲音變成「嘩啦啦啦」，過了一陣子，忽然又急又猛的打過來，「唰——」的開始侵蝕沙丘。

「啊！不可以！不可以！」

兩人用雙手抱緊沙丘，想抵擋海浪的攻勢，但潮水輕易的鑽進空隙，沙丘一點一滴的

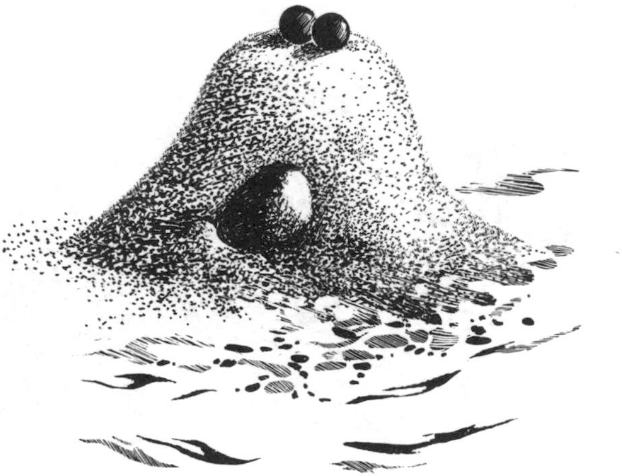

瓦解，其中唯獨兩個堅固的沙團，勉強維持原狀，消失在波浪間。

「啊——不要走！不要走！」

小索娜對著遠去的海浪大叫，抓起沙子往那裡丟。

「沒用啦。它們已經去了大海的另一邊。」

「大海的另一邊，是哪裡？」

「很遠很遠的地方。」

「有多遠？」

「不知道。大概是另一個海邊吧。」

「我到得了嗎？」

「到不了吧。」

福克奧伸長脖子，踮起腳尖，望向遠處。

「是喔……真沒意思。」

此刻的小索娜，想像著兩個圓滾滾的沙團，逐漸漂往大海另一端，某個不知名的地方。

好不容易，小索娜和福克奧終於要上學了，兩人一起遊玩的時間也愈來愈少。放長假的時候，山彌先生會帶福克奧外出送貨。福克奧幫父親搬運貨物，恭敬的向客戶行禮，然後踏上歸途。他變得很少有空留在小索娜家玩耍，兩人自然也不再演戲。有時間的話，他們轉而聊起看過的書，以及在廣播聽到的音樂。即使到這個階段，幾乎都是小索娜在說話這點，倒是跟過去一模一樣。之後，兩人分別去不同的學校，漸漸不再見面。

伊平與約娜每天烤著香噴噴的麵包，小索娜成為他們的幫手。「麵包喔麵包喔」廣受城裡居民喜愛，生意一路興隆。

就這樣，過了一段好長好長的時間。

本店暫時歇業。

麵包店的窗戶上貼了這張告示，裡面的窗簾緊緊拉下。

一早便來送貨的山彌先生看到告示，不禁愣在原地。他是第一次遇到這個狀況。究竟發生了什麼事？「伊平先生──約娜太太──」他敲敲門，喊著兩人的名字，但是沒得到任何回應。住在斜對面的老奶奶聽見聲響，出來告訴他：「伊平他啊，兩天前突然倒下，約娜太太跟小索娜都在醫院陪他。」

「他們在哪間醫院？」

「我也不曉得。可能是市民醫院……等狀況穩定後，應該會來消息。」

然而，伊平先生就這麼一去不復返。他因急性心臟病而驟逝。那個時候，小索娜只差一年便完成學業。葬禮後過了一、兩個月，約娜始終癱坐在房間的椅子上，雙眼無神的望著某處，一動也不動。

「媽媽，打起精神來。差不多該重新開店了，客人都在等著我們呢。」

小索娜原本認為，工作能讓母親

振作起來。約娜緩緩的抬起頭，但是過了很久，遲遲沒有任何反應。約娜變得無法開口說話。一個月、兩個月，甚至是三個月之後，仍然沒有起色。

「恐怕是不幸來得太過突然。她一定非常傷心吧。在很偶然的情況下，會發生這種言語障礙。人類的身體跟心理，實在有太多謎團了。等待一段時日，應該會改善的。」醫師這麼診斷。

然而，印象中那個充滿精神、又開朗的約娜，再也沒有回來過。年關將近之際，一場感冒引發肺炎，最後在某個寒冷的日子裡，約娜靜靜的前往天國，回到伊平的身邊。

「為什麼要拋下我……」

小索娜抱著約娜的遺體，痛哭不已。

這一年，小索娜經歷兩場喪禮，從此成為孤獨一人。

遭逢劇變之前，她有雙親滿滿的愛，什麼都不用擔心。這是她第一次明白，悲傷也有無止境的時候。

小索娜的面容失去血色，肌肉變得僵硬，不再有任何表情。她不願意見任何人，整天不是穿著睡衣躺在床上，就是呆呆的坐在床邊。

睡不著的夜裡，店面後方那片廣大森林的沙沙聲格外入耳。除此之外，便沒有任何

聲音。這種時候，她更加明顯的意識到，自己已經是孤單一人。雙親還在世時，身邊總是充滿約娜愉快的話語，其中不時穿插伊平悠哉的回應，所以她未曾注意過窗外的森林。

「妳啊，一定得吃點東西才行。」

斜對家的老奶奶送來熱騰騰的湯和燉豆子。但是，小索娜頂多勉強小啜一、兩口。現在的她，甚至連呼吸都感到痛苦。

某天早上，老奶奶來開門時，發現腳邊有一張小索娜留下的字條。

暫時出門遠行。我會想辦法活下去的，請不用擔心。

索娜

小索娜背著一個大袋子，從克里克港搭上小船，一艘接著一艘，輾轉渡過群星群島。海上期間，她幫忙打掃甲板，清洗船員的衣服，藉以換取食物與睡覺的地方。

「這位小姐，妳要去哪裡？」

每艘船的人都這麼問她。

「……」

小索娜只是搖搖頭，帶著空洞的眼神，略微顫抖的嘴角，幾乎擠不出半個字。大家見到她的樣子，也識相的不再追問。

她好像也變得無法說話，連自己都不知道能不能發出聲音。現在的小索娜只能緊閉雙唇，不發一語，藉以維持自我。她用盡全身的力氣，將悲傷幽閉在體內。一旦有一絲鬆懈，似乎就會倒下。

船隻終於離開群星群島，抵達另一端的半島。那是個大船來往不斷，繁榮的港口城鎮。城裡的人個個打扮時髦，全是從沒在克里克看過的造型。他們一個接著一個列隊前進，塞滿整條道路。小索娜在港邊的小民宿落腳，接下來的每一天，都在城裡漫無目的的遊走。這裡沒有任何人認識自己，她的心情也跟著稍微和緩。但是，她對自

己身在何處，這裡究竟是什麼地方，卻絲毫不在意。她任憑時間流逝，機械性的擺動雙腿，到處閒晃。

某天早晨，小索娜發現一家店。櫥窗內的男子穿著跟約娜相似的白色工作服，面朝外，拌著大碗裡的巧克力。隨著他用銀色鏟刀由後往前攪拌，巧克力也柔順的前後流動，如同來來去去的波浪。

這時，小索娜突然回憶起，小時候跟牛奶商人家的福克奧一起堆的沙丘……

那座被捲走的沙丘也像這樣，在海中來來去去嗎……那兩個堅固的沙團，不知道漂去哪裡了……

隔天早上，小索娜又來到巧克力店前，隔著櫥窗往裡面看。在銀色鏟刀的攪動下，棕色波浪柔順的來來去去。看著看著，小索娜的身體跟著微微擺動。店內的男子始終低頭工作，不知道有沒有注意到她。從此之後，小索娜每天都會來這裡報到，為的就是看看那柔順的巧克力波浪。光是如此，體內某處僵硬的地方，似乎跟著一點一點的舒緩。

巧克力先生
冉的店

某天，外面下著雨，小索娜依然照常前往巧克力店。來到櫥窗前時，她發現上面貼著一張告示。

徵女性助手。丹的店

直到今天，她才第一次看向頭頂牆壁的招牌。原來這家店叫做「巧克力先生——丹的店」。小索娜想也不想，立刻打開店門。一陣香氣撲鼻而來，當察覺時，她已經出聲詢問：「請問，那張告示……」

「妳願意來工作嗎？」

小索娜還沒說幾個字，男子便搶先發問。

她也追上男子的速度，連連點頭。

「妳天天在這裡看都不嫌膩，很了不起喔。大部分的人起初都看得津津有味，但是過個十分鐘就走掉了。可見得妳真的很有興趣呢。這份心情很重要喔。今天貼告示時我也在想，妳是不是還會來呢？」

「因為巧克力，很漂亮……」小索娜開口回答。

店內比想像來得老舊，白色油漆大概是倉促粉刷上的，色彩不太均勻。有些櫃子的門板扭曲變形，無法緊密的關上，洗好的鍋子和平底鍋雜亂堆疊。散亂的景象跟精緻的巧克力相比，不禁讓人懷疑是不是同一家店。

小索娜回想起約娜做麵包的地方。那裡的器材用起來很順手，而且總是整齊擺放在固定位置。約娜是這麼說的：「工具必須整齊的放在固定位置。否則，工作起來會沒有條理。」

小索娜的雙手開始不安分，恨不得把眼前的鍋子重新擺好。

「這裡的人手不太夠。」

男子像是在替自己辯解。不過，他的確一刻也不停歇，忙著把巧克力拌得更絲滑，更有光澤。經過他的巧手，巧克力彷彿有了生命。小索娜也沉浸在芳香的氣味中。

「那個，我的名字是……」

「對喔，應該先問妳的名字。」

男子抬起頭，靦腆的笑了。從近處觀察，他應該比小索娜年長許多。

「我是索娜。」

「嗯，我是丹。」

「請讓我幫忙吧。」

小索娜迫不及待的答腔。她已經好久沒發出這麼洪亮的聲音。

「來，這個當作見面禮。」丹鏟起一塊拌好的巧克力，放在掌心搓揉幾下，送給小索娜。

小索娜謹慎的將巧克力放進嘴裡，口中立刻變得一片柔順。可可的香氣四溢，同時在舌間化開，最後消失於喉嚨深處。這股溫柔的滋味，足以撫平她的內心。

丹的巧克力店從十一點開始營業。他會在開店前，把巧克力揉成小團，製作成各種造型，例如可愛的小雞、玫瑰花蕾、緞帶等等。

丹付給小索娜稱不上多的工資。她用這筆錢，在附近租了一間附小型家具的屋子。

小索娜每天都有許多事情要做。像是上架做好的巧克力，清洗器材，磨得亮晶晶，配合製作階段擺放在適當的位置。

「真的可以嗎……」儘管不太有把握，她還是鎖緊櫥櫃上鬆脫的鉸鍊，讓門能確實關上。

「喔——很厲害嘛。」丹睜大眼睛，佩服的說道：「這的確很重要呢。我自己就不太會……」

小索娜也開始在客人多的時候，幫忙接待。如果有空閒，她會練習把包裝紙包得漂漂亮亮，再繫上緞帶。

「這位店員很能幹呢。妳幾歲了？」

「妳從哪裡來的？」有些客人會這麼問她。

「今年十八歲。」

「我來自克里克城。」

對於這些提問，她都老實回答。不過，她仍然只能說出簡短的句子。

「喔？克里克城嗎……從那麼遠的地方過來啊。」丹這麼說。

「嗯，我現在孤伶伶的，沒有家人。」

對於不經意間溜出口的話，她自己也嚇了一跳。

「每個人啊，都孤伶伶的。」

丹落寞的說道。他沒有繼續追問小索娜的身世。

就這樣，小索娜全心全意的投入巧克力店的工作。如同融化自己的內心般，她希望帶給眾人笑容，安撫心情的巧克力甘甜香氣，同樣能化解某人的悲傷。為了讓每個上門的顧客都成為老主顧，她在待客上也特別下工夫。此外，她經常有機會試吃巧克力，所以也能分辨味道的差異。

半年就這麼迅速的過去了。

不知從何時開始，小索娜完全變成為了丹而工作。儘管本身沒特別意識到，她現在會格外注意丹的一舉一動。

剛剛應該那樣做才對，為什麼沒有更早行動，是否說了不該說的話……

丹時常把一塊巧克力揉成圓滾滾的小球。他一次又一次的在手裡搓揉，思考好一陣子後，又繼續搓揉，再重新打量。最後，他還是輕輕搖頭，把巧克力收回碗裡。明明花了那麼多時間和心思，結果卻輕易的揉掉。那是為什麼？小索娜覺得有點受到背叛。同時，她也想起小時候，在海邊努力做成的沙團。那個沙團最後也輕易的消失在海浪間，先前的心血完全白費……她輕輕合上手掌，如同搓揉什麼似的互相摩擦。

仔細想想，丹對小索娜一無所知，小索娜也只知道，丹好像獨自住在店面二樓。除此之外，對他一點也不了解。

丹今年幾歲？有沒有家人？放假時會做什麼？有沒有朋友？喜歡吃什麼？等等等等……

丹每天收到不少信件，其中大都是食材的請款單、巧克力訂購單之類。小索娜會從郵筒取出信件，分門別類後放到丹的桌上。

某天，小索娜注意到一個陌生的白色小型信封。收件人處以工整的字跡，寫著「丹先生收」，寄件人處則什麼也沒寫。她跟往常一樣，連同其他信件統統放到桌上。不過，她還是對那封信格外在意。

小索娜偷偷觀察丹的反應，想得知寄件人是誰。

「喔！」

丹拿起那封信，只是細微的低呼一聲。從這個聲音判斷，他即使不拆開信件，也很清楚是誰寄來的。除此之外，丹便沒有任何反應，或不同於以往的地方。巧克力的香味，以及拿鏟子攪拌的動作，都跟平時沒什麼兩樣。

之後的日子也沒有什麼變化。於是，小索娜決定當心中的異樣感不存在，如同往常繼續工作。

過了大概兩個月，巧克力店又收到同樣的信。信封上是熟悉的字跡，不過，這次背面多了寄件人的名字：「希倫」。

是個聽起來圓滾滾、討人喜歡的名字。

「喔！」

丹看到這封信時，同樣只是簡短的低呼。但是，從小索娜聽來，他的音調跟上次似乎略有差異。

「希倫、希倫、希倫、希倫……」

那個人的名字，如同不停歇的呼喊，在小索娜的耳中迴盪不已。即使她試著數經過窗外的行人，藉以轉移注意力，也擺脫不了這個聲音。

她還覺得，從那天開始，丹工作起來好像更加起勁。

希倫來信的間隔漸漸縮短，丹收到信的反應也跟之前明顯不同。沒有改變的是，他依然不會跟小索娜提工作以外的事，以及自己的事。

接下來的好一陣子，丹不斷製作巧克力球。他跟之前一樣，仔細的將巧克力團反覆搓揉，放到一旁觀察。經過一段時間，又輕輕搖頭，放棄先前的心血。不知丹不斷重複這個奇妙的流程，究竟是為了什麼……

這一天，丹照樣在開店前開始做巧克力球。他仔細的搓搓揉揉，謹慎的包覆在掌心，撒上巧克力粉，努力讓巧克力更添光彩。最後，丹終於小心翼翼的把成品放到盤子上。這次的巧克力相當精緻，跟過去截然不同。渾圓的球體呈現濃郁的棕色，散發深邃的光澤，宛如飄浮在宇宙間的星星。

丹點了點頭，把巧克力放入小盒子，用紙包起，繫上緞帶，外面再用更柔軟的紙包裹，最後裝進大信封袋，寫上收件人，便出門去。

那肯定是要送給希倫的——小索娜直直盯著他的背影，如此想著。

那一天打烊後，小索娜關好店鋪，準備回去時，丹用比平時鄭重的語氣對她說：

「真的非常感謝妳這段時間以來的幫忙。」

這是丹第一次表達謝意。然而，小索娜注意到，丹的語氣像是在講過去的事。她下意識的衝進盥洗間，用顫抖的手摀住臉。

他不再需要我了。

不，只是自己想太多。丹還需要我才對——小索娜回想起那個雨天，在店面櫥窗上看到的告示。那張告示應該就是寫給她看的。

不久之後，希倫就會來取代我的工作。

小索娜浮現一股不確定的念頭。這個念頭不但不曾消失，還逐漸占據整個腦海。她不經意的瞄到牆上的月曆，發現某個日子畫著大紅色的記號。那是繞了三個圈的圓形，周圍發出太陽般的光線。不論怎麼看，都是充滿朝氣的燦爛太陽。在這之前，小索娜從來沒看過這樣的記號。

每天埋頭製作巧克力的日子，並沒有什麼改變。但是，這個記號彷彿告訴小索娜：丹的燦爛太陽即將升起。

「好有精神的太陽。這是什麼日子呢？」

「這一天是什麼紀念日嗎？」

小索娜大可直接問出口，卻遲遲提不起勇氣。

「你叫什麼名字？」小時候的她，明明能輕易的對福克奧這樣問。

現在的小索娜，變回那個剛抵達港口時，什麼都往壞處想的自己。她選擇委身於不幸，不願主動追求幸福。

原本滑順的巧克力，再次硬化凝固。

她彷彿回到那段連呼吸都痛苦的日子。

唉……這裡已經容不下我。又得找下一個地方才行。

「請讓我辭職。」

小索娜握緊雙拳，這麼告訴丹。她的心跳劇烈不已，幾乎要衝出喉嚨。這是她能擠出的唯一話語。

「咦！」

丹驚訝的睜大眼睛，盯著小索娜。

「等等，為什麼……」

「非常謝謝你這段時間的照顧。」

小索娜低頭行禮，藉以避開他的視線。

「有什麼不高興的地方嗎？還是工作真的太忙？只要再過一陣子，就會比較輕鬆了。表妹說她願意來幫忙，我還在想，之後不用再這麼緊繃……」

原來那個叫做「希倫」的，是丹的表妹啊……只是想不到，表妹在他心中的地位，會是那麼燦爛的太陽。

「希倫非常善良，肯定能成為妳的好姊姊。」丹接著說道。

我才不需要什麼姊姊！

小索娜持續低著頭，在內心發出吶喊。

丹也看向裝著巧克力的碗，不再說什麼。不自在的氣氛持續了好一陣子。

經過良久，丹將視線移回小索娜，筆直的看著她。

「妳就像是我的護身符。從年輕的妳身上，我學到很多事情。」他一字一句的訴說。

「以前我是個一無是處的人。不但周遭的人

這樣說，連我也覺得自己就是個無可救藥的混混。被趕出家門後，我來到這座城鎮。當時啊，因為沒有什麼錢，對一切幾乎感到絕望，我索性窩在路邊。就在那時，一個小女孩靠過來，送給我一顆巧克力。那顆巧克力下肚的瞬間，心情真的是五味雜陳。而且啊，還讓我想起許多事情，整個人也平靜下來。在那之後，我開始想自己做做看，這種帶有不可思議力量的巧克力。

「打定主意後，我立刻變賣手錶跟衣服之類的家當，還在港口做了一陣子粗重的工作。直到三年前，好不容易存夠錢，開了現在這家店。之後的日子裡，不論生意好不好，我都不間斷的製作巧克力，才勉強弄得有模有樣。差不多是那個時候，妳就出現了。妳那麼認真的工作，讓店面煥然一新，還帶來不少顧客，真的幫了很大的忙。跟妳一起工作的期間，原本固執的自己變得坦率許多，終於像

個正常人了。」

「我並沒有……」

小索娜依舊低著頭，無力的應聲。

「先被一個偶然相遇的小女孩拯救，之後又受到遠從克里克來、不愛說話的少女幫助……」

說到這裡，丹的嘴角浮現笑容。

「所以，我才下定決心，要做出最棒的巧克力。這樣說可能有點誇張啦。」

「是那個，巧克力球嗎……」

「沒錯。我的目標是做出味道、外觀都無可挑剔的巧克力，讓家人看看。雖然我是已過世母親的拖油瓶啦……那個家還是很棒，只是我特別不爭氣。」

「你寄出那顆巧克力，就是想讓表妹看嗎……」

「嗯。我們沒有血緣關係，她並非真正的表妹，但我們小時候還是很要好。可是，我後來完全學壞，結果被她討厭，被澈澈底底的否定……這也是我離開那個家的原因。現在，我終於做出讓自己滿意的巧克力球，所以想讓她知道，自己已經重新振作。她看到那顆巧克力時，好像也很驚訝我能做出這樣的東西，還答應要來幫忙。不過，她真的會來嗎？不知她是不是還不信任我……」

「真令人期待。」

「是啊，非常期待。」

此時此刻，丹露出過去未曾出現、如太陽般燦爛的笑容。

「小索娜，多虧妳這麼認真的工作，我才能得到勇氣。」

「這都要歸功於你的巧克力。那個雨天，你送給我的那顆巧克力，讓我整個心都暖洋洋的。真正受到幫助的，是我才對。真的非常感謝你。而且，我終於能夠正常說話了。老實說，以前的我是很愛說話的……」

小索娜的聲音仍然有點沙啞。不過，臉上浮現淡淡的笑容。

「那麼，就別說要離開這種話……」

丹的額頭上冒出汗珠。

「還是小孩子時，我在海邊做過沙團。那時我也很努力，把沙子揉成堅固又漂亮的球……看著丹先生的巧克力，便想起那段往事。我也開始覺得……自己是不是該回去做做看。」

小索娜認真的看著丹，這麼回答。

小索娜背著袋子，在港邊走著。船隻停靠的碼頭，傳來陣陣波浪拍打聲。她在突堤的邊緣坐下，從行囊拿出裹了好幾層紙的包裝，小心翼翼的拆開。裡面是一顆色彩濃郁、散發柔和光澤的棕色巧克力。

「這是為妳做的。」

告別巧克力店時，丹把這個包裹塞給她。

「啊……」小索娜發出支離破碎的呼喊。

呼喊的衝動從胸口泉湧而出。她抱著大腿，把頭埋在裡面哭泣。透過泛淚的雙眼，隱約瞥見打向碼頭的波浪。潮水一波又一波的湧來，一波又一波的退去，愈看愈像小索娜第一次見到丹時，他攪拌巧克力的動作。小索娜輕輕握住巧克力球，望著沙沙作響的波浪好一陣子。

為什麼海浪要來拍打這裡的石壁？到其他更寬廣的海邊不是更好？

她將視線移向遠方。與這片海水相連的遙遠天邊，想必就是克里克城。在那座城鎮的某個角落，有一戶門窗依然緊閉的小小烘焙坊。那間烘焙坊的調理室，對約娜太太來說略嫌擁擠。過去總是磨得晶晶亮亮，掛在牆上的調理器材，現在不知變得怎麼樣了？是否滿布灰塵，孤單的窩在角落？

是時候該讓它們透透氣了。

小索娜用力的吐出一口氣，然後吸進滿滿的新鮮空氣。

她把丹送的巧克力重新包好，放回行囊後，慢吞吞的起身，出發尋找開往克里克

的船。

小索娜將手伸進行囊深處，摸出鑰匙，輕輕開啟「麵包喔麵包喔」的門。長年悶在裡面的空氣一擁而出，淹沒小索娜。

「哈啾！」她不由得打了噴嚏。

又吸到麵粉了嗎？耳邊依稀響起約娜太太的聲音。

「嗯。不過，好像已經沒事了。」

她仔細環視屋內，低聲回答。

小索娜很快的開始上工。她敞開所有窗戶，讓空氣流通，吹走灰塵，用抹布將屋內所有角落擦乾淨，最後再把做麵包的器材磨得亮晶晶。

「請你們搬個家喔。」烘烤麵包的窯裡住了一窩蜘蛛家族。她用小掃帚輕揮幾下，那群蜘蛛便一跳一跳的，轉移陣地至屋子的角落。

「麵包喔麵包喔」的店招牌，大概是被每年夏天結束前造訪的「海淘氣風」吹走，早已不見蹤影。

「嗯……我，還是烤麵包吧。」

每每看到失去招牌、空蕩蕩的牆壁，心中便燃起強烈的意志。小索娜忍不住握緊拳頭。「麵包喔麵包喔」是大家習慣約娜太太的叫賣後，自然而然產生的店名。

「下定決心，加油吧！」

她再次在胸前握緊雙拳。看著自己的手，口中忍不住發出輕笑。

小索娜是獨生女。童年時代，她總是一個人獨占最愛吃的草莓。有時候，約娜會故意搶她的草莓。「不行！這是我的！」每當小索娜想藏起草莓，約娜總是提議：「那麼，我們猜拳決定。」

除了草莓，她們爭奪切得比較大塊的蛋糕時，也會用猜拳決定。但是，不知道為什麼，小索娜總是出石頭——沒錯，是「每次」喔！

「唉呀，小索娜，妳怎麼老是出石頭？這樣媽媽就會一直出布喔。媽媽一直出布

的話，妳就永遠不會贏！」

約娜帶著得意的表情，笑著告訴她。

「因為出石頭的話，可以把好東西藏在裡面啊。」

在小索娜的心目中，石頭才是最強的。

「對了。店名就叫做『古喬爵麵包店』*吧！從石頭裡變出美味的麵包。剪刀、石頭、布！」

如此這般，新的店名定了下來。

很快的，店門口上方重新掛了大大的招牌，上面寫著「古喬爵麵包店」。

招牌就定位後，工作正式開始。

雖然不是參加比賽，小索娜還是幹勁十足，一

*「古喬爵麵包」的日文發音，和「剪刀石頭布」是諧音。

個人賣力的忙碌著。她一邊回想約娜和伊平工作的情景，一邊烤麵包，再用丹教的方式，來來回回攪拌巧克力，直到夠滑順後，大量加入麵包裡，做成巧克力麵包。

「唉呀，是約娜呀。好久不見了！」

還記得「麵包喔麵包喔」的老主顧，忍不住用以前的習慣這麼打招呼。

「咦？這裡換招牌了呢。」

不了解過往的人，也漸漸的成為顧客。小索娜每天都早早起床，俐落勤奮的工作。每當香噴噴的麵包從窯裡出爐，她都能感受到，約娜和伊平就存在自己的心裡。

他們並沒有消失，而是默默的在某處看著，要我好好努力。沒問題，小索娜會好好做的。不用擔心。

小索娜離開克里克的期間，烘焙坊附近出現許多新的店面和住家。

光顧烘焙坊的客人漸漸增加。一年晃眼而過，小索娜滿二十一歲了，她也已經不知揉了多少麵團，以前跟竹竿一樣細的手臂粗壯許多，很有麵包師傅的樣子。

「簡直像看到約娜本人。」

「妳愈來愈像母親囉。」

過去的老顧客看著現在的小索娜，無不浮現懷念的表情。偶爾還有人不小心真的叫成「約娜太太」，然後趕緊改口「唉呀，搞錯了。是索娜小姐才對」。這樣想想，「小索娜」的確不再適合現在的她。

「『索娜小姐』好像也不錯……」

小索娜的身心都轉為大人，她也開始想換一個像大人的稱呼。

某天，中午的顧客告一段落時，一名年輕男子推開店門入內。

「我是賣牛奶的。要不要考慮我們家的牛奶？還有新鮮的奶油哦。」

小索娜聽到聲音，抬起頭。

「咦？」她忍不住驚呼。

「好久不見。」

對方輕輕頷首，露出笑容。

「應該沒有忘了我吧？小時候妳還問過我的名字。我們最後一次見面，已經是多久之前啦……我就是那個福克奧。妳是小索娜，沒錯吧？看，這是小時候一起玩的證明。」

男子笑著撥起瀏海，露出額頭上的淡淡痕跡。那是被小索娜踢起的石塊敲中，留下的傷疤。

「那、那、那……那個時候真的很抱歉。我當然記得，當然記得。」

小索娜支吾了一陣子，連連搖頭否認。

「不過好意外喔！你長這麼大，變成一個男人了呢。」

「妳也一樣，成為一個女人了。跟約娜太太一模一樣！」福克奧開玩笑的說。

「呵呵呵，很有意思吧。我自己都想不到會這麼像，所以大家都不叫我小索娜，改叫『索娜小姐』了。」

「妳真的，長大了呢。」

「哪裡，還早得很。接下來才要真的開始成為大人。雖然慢了一步。」

「真是懷念啊。跟家父聊到時，便忍不住回想起來。」

「啊，山彌先生……他過得好嗎？」

「已經退休了。跟家母回到出生的故鄉。最近啊，周邊的牧場一個個變成建地，我也不曉得現在的工作還能維持多久。老爸他啊，老是要我過去一起住，但

我實在很喜歡克里克。聽說這裡又有麵包店開張時，便一直打算來看看，還想說會不會是妳……只是遲遲抽不出時間。能夠再見到妳，真的很高興。今天真是來對了。」

「我也很高興……高興得不敢想像！」

「不介意的話，能不能再跟妳做生意……」

「這還用說，當然好啊！」

就這樣，童年時代的玩伴再次相逢。

如同過去，福克奧每週到小索娜的烘焙坊，配送兩次牛奶和奶油。經過半年左右，這裡成為配送路線的最後一站。

「好——用煎豆茶為辛苦的一天乾杯吧！」

烘焙坊打烊後，小索娜這麼提議。兩人在店裡喝著茶，悠閒的聊天。

「對了，偶爾去看場電影如何？」

「哈哈哈，是不是要演戲？」

對於小索娜的邀請，福克奧轉動眼珠，開玩笑的回應。

「要再當一次王子，我也奉陪喔。」

「唉喲，你怎麼還記得啊？」

他們不約而同捧腹大笑。

於是，兩人開始相約一起看電影。現在再也沒有人告訴他們「這裡不能看」，當美妙的音樂響起，畫面開始帶男女主角的特寫時，也沒有人蒙住他們的眼睛。

父親口中對小孩有害的東西，現在成了他們的享受。

大概又經過半年，聽說有一部女主角很漂亮的電影上映，他們再次前往觀看。小索娜全神貫注的盯著銀幕，連眨眼睛都捨不得。

終於，畫面進入男女主角的特寫，平靜的旋律開始高亢，兩人的臉愈湊愈近。

「這個有害，不要看。看我就好。」

福克奧用粗壯的手臂摟住小索娜，攬到自己身邊。小索娜目不轉睛的看著眼前的福克奧。

「嗯，我會看著。永遠永遠。」

小索娜揪住他的胸口。

之後，兩人的感情迅速升溫，一切的發展都像搭特快車。如同奶油與麵粉結合為奶油麵包，福克奧與小索娜結為連理，同心協力經營烘焙坊。兩條不同的道路，就此合而為一。

又過了一年左右。某個晴朗的天氣裡，穿著黑色洋裝的少女與黑貓，乘著掃帚，往克里克的天空飛來……

克里克市長説故事

1 薄野一家人

「好的。我會轉達給內人。」

說完這句話，我放下話筒。

「是誰的電話？」

「書店的布克打來的。他要我向妳問好。」

「請問，我的名字叫做『內人』嗎？」

唉，你看，又來了。又開始在雞蛋裡挑骨頭。

「這樣聽起來，我不是變成字面上的『裡面的人』？不覺得聽起來很像幹活工人？」

「啊？」

我實在不知道該怎麼回應。

敝人的內人——更正，是太太——不對，應該說是妻子，在克里克城內一條林蔭道上的雜貨市集經營二手服飾店，同時也是一名詩人，所以才對用字那麼挑剔。

她會寫這樣的詩：

酥酥麻麻
即使緊閉雙眼
酥酥麻麻
即使屏住呼吸
酥酥麻麻
即使試圖逃走
酥酥麻麻

據說這是關於愛情的詩喔！未免也太難懂！竟然還屏住呼吸，真的不要緊嗎……

不過，她的詩作受到的評價好像不錯，偶爾還會刊登在雜誌上。但我實在感受不出來。我就是對這種東西沒轍嘛……說是這麼說，正因為維希是詩人，我們才有了結為夫婦的機緣。回想起來，當時的確受到魔女琪琪很多幫助呢。她用怎麼看都是魔法的方式，在後面推了我們一把。

「你應該也了解，就像你有『根特』這個名字，我也有個名字叫做『維希』。『內人』聽起來啊，一點都沒有靈魂。」

「知道了。以後我都會用名字稱呼。」

雖然現在才自我介紹有點晚，如你所見，與我結婚的人名叫維希。而我則是根特，曾擔任克里克的市長，今年五十八歲。

「我做二手衣服的生意，但我同樣注重文字的新鮮。語言的鮮度相當重要。」

她是這麼說的喔。究竟何謂「語言的鮮度」，我實在搞不懂……

「你何不也嘗試寫點什麼？當了市長那麼久，應該經歷過很多事吧。」

正在縫衣服的維希抬起頭，筆直的看過來。

「那是因為，我們市跟其他地方不太一樣。再怎麼說，這裡可是住了會在天上飛的魔女啊。我也將這些事清楚的留下紀錄，已經非常足夠了。」

「除了公家紀錄，還有很多私藏內容吧？不可能沒有的。」

我直截了當的搖搖頭。

「維希，別說得一派輕鬆。一直以來，我都秉持光明正大的精神，不遺餘力的為克里克城工作。不是我要自誇，我可是打出口碑的名市長喔。所以說，不可能有什麼不能公諸於世的東西。」

「我當然明白。不過，正因這樣，你更應該碰過一些插曲才對。」

「嗯……仔細想想，也不是完全沒有。市長的工作本來就五花八門嘛。之前的確多少有些難忘的事情……但也沒什麼特別值得一提的。」

我愈說愈小聲，並且把身體轉向書齋。那麼麻煩的事情，當然是閃避為妙。

「我想也是呢。畢竟你可是聲名遠播的市長大人嘛，多少會有一些小故事。一點一點的寫出來，說不定會變得很有趣喔。」

維希露出賊兮兮的笑容。

「喔，現在是給我戴高帽子？先說清楚，這些東西可能達不到妳的期望喔。妳是詩人，可能不覺得寫作是苦差事，對我來說卻是一種折騰。而且，官方文件有固定的格式，要寫以前發生過的事，可就不是這樣了……」

「別想那麼多，放輕鬆寫寫看吧，就像自言自語。老是想著要寫得很好，受到大家歡迎是不行的。」

「妳說得簡單……」

我懶得再爭論下去，慢吞吞的站起身，打算結束話題。

「即使有好的題材，如果不寫出來，最後還是會從世界上消失。那樣也太可惜了……好吧，要不要來一壺香噴噴的茶？」

好在維希也結束這個話題，為我泡了克里克城的名產——煎豆茶。於是我放鬆心情，坐上沙發，一口一口的啜飲熱茶。但不知為何，我的腦袋開始不安分的跳著。

回想起來，若要說有什麼不可思議或是難以告訴外人的事情，的確發生過幾件。像是薄野那一家人……直到現在，我仍然不知道究竟該不該相信。如同維希所說，就這樣帶進墳墓永遠成謎，好像也有點可惜。

等到維希去市集後，我躡手躡腳的拿出紙，握起市長時代愛用的筆。

放輕鬆寫寫看，真的沒問題嗎？老實說，那不是什麼輕鬆的故事……還有，不能以受歡迎為目的？怎麼可能。寫出來的東西不受

歡迎的話，不就太沒意思了。

我的雙眼在空中游移將近一小時後，決定轉換心情，先以閒話家常的感覺，試著下一個標題——「薄野一家人」。只要別拿出去給別人看，想寫什麼都沒問題！不對，等等……既然不是給誰看的，那寫出來做什麼？真的有必要寫嗎？對嘛，根本不需要寫。

於是，我滾到沙發上，睡午覺去了。

呼……呼……

睡過午覺後，夜晚變得沒什麼倦意。我平躺在床上，望著漆黑的天花板東想西想。無論如何，都會想到薄野一家人……

最後，我索性爬起床，靜悄悄的走進書齋，坐到書桌前。透過窗戶，能看見家家戶戶在月光照耀下，格外修長的黑影。清晰的輪廓彷彿支撐著整座沉睡的城鎮。

「好吧，還是寫寫看吧。就像是自言自語……」

我再次提起筆桿。

回想起來，初次見到薄野一家人，已經是二十多年前的事情了。那是個叫做「蚯蚓街」的地方。

蚯蚓街是舊市鎮裡最古老的街道之一，也是整座城鎮裡最狹窄的道路。這裡的路彎彎曲曲，很難清楚看見前方。兩側排列著兩層式石造長屋，陽光晒不太進來，成天陰陰溼溼。說這裡適合蚯蚓居住，可不是開玩笑。至於整條街的長度，一般成人大約一百步可以走完。但因為實在太狹窄，前面也有人走過來時，兩邊都得像壁虎一樣緊貼牆壁，橫著通過才行。若是碰到嬰兒車，根本連過都過不了。

雖然蚯蚓街窄得要命，這裡是通往城鎮中心的捷徑。隨著人口增加，來往的人也愈來愈多，甚至從一大早開始，就出現等著

通過的隊伍。身為一名市長，考慮到住在當地的居民，當然希望想辦法改善。

值得慶幸的是，蚯蚓街兩旁的住家大都相當老舊，還有不少空屋，所以拓寬道路應該不是太難。然而，單純拆掉房屋拓寬道路，只是治標不治本。既然決定要做，當然就要打造成更美好的環境。這才是真正展現市長智慧的地方。

當時我想到，稍微把兩邊的住家往裡面推，在道路側裝上大面窗戶，街道頂端鋪上玻璃屋頂，不就成了明亮的商店街嗎？而且就算下雨天，也不需要撐傘逛街。我提出這個計畫後，蚯蚓街兩旁的居民率先大力贊成，說：「不愧是市長。街道一定會變得很漂亮！」唯獨其中一戶，怎麼樣都不肯點頭……這戶人家正是薄野一家。他們是由夫妻和一個小孩組成的三人家庭，房屋在蚯蚓街裡也是最為狹窄，牆壁的下半部甚至已經發霉變色。房東本人相當贊成改建提案，反而是在這裡租屋的薄野，怎麼都不肯答應。

「不行。會造成我們的麻煩。」

「只是要你們暫時搬離，讓我們改建，之後這裡會變得比現在舒服好幾倍喔。」

即使這麼說，薄野依然拒絕。

本來我還打算讓他提出能接受的條件，結果這個辦法也行不通，薄野甚至含淚強求我們不要拆除。原本負責溝通的下屬空全不知該如何是好。

既然如此，只好由我這個市長親自出馬。

「我明明按時付房租，你卻單方面說要改建，把我們趕出去。市長先生，你不覺得這樣很過分嗎？」

結果，薄野這麼說。雖然也很有道理啦。

「或者這樣如何？我們找個更大、更漂亮、晒得到陽光又通風的地方，讓你們搬過去。你的妻子跟小孩也會很高興。」

聽到這裡，薄野開始顫抖。

「我們不能住在那樣的地方。」他這麼告訴我。

「這裡才好。沒有地方比得上這裡。」

竟然覺得這種陰暗又發霉的地方很好，不覺得很奇怪嗎？

「恕我冒昧，如果有任何困難，是否能說給我聽？」

「才沒有什麼困難。沒有。沒有。沒有。絕對沒有！」

薄野一連否定了四次。

我完全無法理解，為什麼開出了這麼好的條件，他還是不願意搬走？於是，我決定用自己的閒暇時間，打探這戶人家的生活——不用說，當然是自己一個人去，連下屬都不知道喔。就像是市長稍微外出散步，到蚯蚓街走走，順便停下來到處欣賞一下。

某個星期日，我犧牲自己的假期，在蚯蚓街來來回回好幾次，想辦法觀察薄野一家。

「爸爸，我好想去公園喔！」

薄野家的小窗開啟，一個男孩跳了出來。

「不行。外面的天氣太好了。」

「討厭，討厭！為什麼只有下雨天才能去！我偶爾也想不撐傘去公園玩嘛。」

男孩不耐煩的在門口踱步。

「孩子的爸，偶爾一次也好，就帶他去吧。」

這似乎是他太太的聲音。

這段對話讓我感到很不自然。要去公園玩的話，當然是晴朗的日子比較好。為什麼他們偏偏要挑雨天去？

過了一陣子，薄野夫妻總算也走出門。男孩迫不及待的往巷口奔，夫妻兩人微微低頭，小跑步追在後面。我也若無其事的跟了上去。

來到公園，男孩立刻往鞦韆跑，興奮的盪起來。

「哇——」聽到男孩開心的聲音，薄野夫妻也短暫露出舒服的表情，深呼吸一口氣。但是下一秒，他們又偷偷摸摸的鑽到滑梯下，動也不動的坐著。

經過好一段時間，薄野先生終於起身，對男孩叫道：「喂——要回去囉！」

男孩很快地跑向父母，鑽到兩人之間，三個人手牽手踏上歸途。不論怎麼看，他們都是再平凡不過、和樂融融的一家人。先前還以為他們是可疑分子，我突然產生一絲罪惡感。

就在這時，我有種奇怪的感覺。有地方不太對勁。

忽然間，我注意到一件事。背向著我、快快樂樂的走在前面的三個人，居然沒有影子！我趕緊轉頭，檢查自己的影子是否還在。附近所有人在燦爛夕陽照耀下，也都有明顯的影子跟著。

我一度懷疑是不是看錯，揉了好幾次眼睛。但是不管確認幾次，薄野一家人就是沒有影子。我繼續跟在他們身後。直到回到陽光無法進入的蚯蚓街之前，他們的影子始終沒出現。

影子這種東西雖然微不足道，似乎可有可無，但這樣實在很不尋常……

該不會是……幽靈？不過，他們的氣色不錯，說話有中氣，兩隻腳也確實存在，沒有飄浮在半空中。

接下來的一陣子，我持續留意薄野這戶人家。他們三不五時探出窗戶看天空，似乎相當注意天氣。而且，他們會特別挑下雨或多雲時外出買東西。

在某個微陰的日子，我碰巧看到那三人外出，於是又跟在後面——請不要誤會喔。這也是市長的職責，我可沒有要找人麻煩。

薄野一家人果然沒有影子。當太陽從雲間的縫隙照下，他們就會立刻走進建築物的陰影處，或靠近前面的人，待在對方的影子裡。

看著看著，我不由得打了個哆嗦，背脊竄上一陣寒意。小心翼翼的回頭檢查——呼，還好。我的影子還在。

由於薄野家的問題尚未解決，道路拓寬計畫暫時處於停滯狀態。不過，這是克里克市長的工作，沒有不做的道理。

再加上有居民來函，要求改建計畫不能不了了之，即使內心千百個不願意，我還是再次敲響薄野家的門。

「啊……請進。」

家門微微開啟，裡面的人似乎有點驚訝，隨後伸出一隻手，抓住我的手臂往裡面拉。這個人的力氣可真不小！我好歹也是男人，當時仍然算得上年輕力壯，但還是像被吸進去般，「咻」的進到屋內。

小巧的室內擺著普通的家具，還有花朵造型的窗簾，住起來應該很舒服。豆子湯的香氣逗弄著鼻孔，裡面沒有半點可疑的地方。

「那個……關於先前的提案……」

我戰戰兢兢的開口。

「不行。絕對，絕對，絕對，絕對不行。我們哪裡也不去。」

薄野先生再度強調了四遍。

不只如此，一家三口還一起搖動身體表示拒絕。

「可是，你們也得考慮我們的立場。房東已經同意改建，我們也會幫你尋覓住處，所以無論如何，都希望你們答應。」

「不行。絕對，絕對，絕對不行。」

這次是三遍。

一家三口板起臉瞪過來，室內的氣氛變得緊繃。

「你一個勁兒的說不行，也解決不了問題。有什麼緣故就請說出來吧。了解你們的困難後，有什麼能幫忙的，我們都會盡量幫。」

三個人垂下頭，沉默不語，像石像般動也不動。頑固到這種地步的人，也是相當罕見。如果他肯說

出理由，說不定還能思考其他方法……我愈來愈不耐煩，但還是勉強沉住氣，耐著性子問：「對了，薄野先生。你們搬到這裡之前，是住在什麼地方？」

一聽到這個問題，三個人都像觸電似的跳了一下。

「不論什麼樣的回答，都請說出來。你們就相信我吧。哪怕是另一個世界來的，都不會嚇到我。畢竟，總有一天也會輪到我過去嘛。如果能提早知道那邊的樣子，我反而很高興。所以你們不用擔心。」

這時，一家人才鬆了口氣，放下心來。

「我們並不是幽靈。」

「也不是什麼怪物。」

「我們也有自己的故鄉。」

他們你一句、我一句的低聲說道。

「是嗎？那麼，你們的故鄉在哪裡？」

「……一定得說嗎？」

「可以的話。」

「這裡不會因為來自不同地方，而有差別待遇？」

「絕、絕對沒有這種事情！」

「那麼……老實說，我們來自一個很近又很遠的地方。」

什麼叫很近又很遠的地方……我可是基於公務，認真聽他們說話，才沒有空閒玩猜謎！

「請不要開玩笑。你們幾個，該不會是山裡的動物變成的吧？狸貓不就很擅長變身。」

「太失禮了！」

「失禮？真要說的話，你們才對那些動物失禮吧。我其實很清楚喔。你們沒有影子，對吧？」

三個人的肩膀又跳了一下。接著，他們盤起雙手，抱在胸前，如同確認自己的身體是否還在。

「怎麼可能。」

薄野先生慌張的回答，聲音還在顫抖。

「不然，要不要去外面確認看看？」

「不要！」

聽到我這麼說，他激動的扯開嗓門大喊。

「那麼，就請你好好解釋。」

「……」他又沉默了一會兒。

「我自己也搞不懂啊。這實在太奇特了。」

薄野先生的眼神變得跟剛才不同。

「奇特有什麼不對？這座城裡也有不可思議的東西。你看那個在天上飛的少女，難道不夠不可思議？」

「……」這次，換我沉默下來。

「如果是年輕的女生就沒關係嗎？原來奇特也有分好跟不好，而且都是靠市長你自己的喜好決定。」

「太、太失禮了。才沒有這種事情！克里克這個城市很講道理，我們擁有廣大的胸懷，願意理解、接納任何奇特的事物。當然了，前提是不能帶有惡意。可是，你們

不願意說清楚，一直遮遮掩掩的話，我們也不知道該怎麼辦。所以能不能先相信我，把事情好好說明白？」

「可以相信你嗎？」

一家三口抬起眼睛看過來。

「當然。」

「那麼，我就說了。其實……我們來自旁邊那個世界。」

薄野先生用下巴指向旁邊。

「旁邊？」

我瞇細眼睛，看了看四周。

「就在旁邊，非常近，只是你們看不到。住在那個世界的都是影子。跟紙片一樣薄的灰色影子。」

「等一下。這不是什麼科幻小說的劇情吧？」

「你看。不相信吧。」

「突然聽到這種事情，當然很難相信啊……但還是

請你說下去。我會盡量相信。」

「那我就繼續說了。請把我們想成大家都有的影子。有些人說那是這邊世界的人到了大限，失去肉眼能見的形體後，留下的影子匯聚成的世界。不過，真正究竟是如何呢？就你們看來，這樣或許很不可思議，但我們其實都過著非常正常的生活，一點問題都沒有。沒人知道為何會出現那樣的世界。就像你們也不知道，為什麼自己會以這樣的姿態存在吧？這是同樣的道理。我們連自己生活的世界，都了解得不夠充分。

「影子的世界裡，也有類似神話的東西。裡面提到：『從人類獨立出的影子聚集起來，以實現理想國為目標，建立這個世界。』雖然太過誇大，至少看得出他們的自尊心很高。其他地方還提到你們的世界，不過大都以『沒有影子的世界比較好』的教誨結尾。」

「教誨嗎……寓言故事總喜歡這樣收尾。我個人不怎麼欣賞呢。」

我實在不太苟同。為了矇騙，動不動就搬出神話啦、古老傳說之類的打迷糊仗。更何況，「神話」也不是真的由神明所說，充其量只是好事者為了自身目的編造的。這才是人世的常理。所以，除了用自己的雙眼確認，用自己的內心感受，用自己的大腦思考，便沒有更好的辦法——一直以來，我都是這麼認為。然而……現在就有幾個沒有影子的人出現在我的眼前。這可不是什麼神話，是活生生的事實！我的眼睛跟心和腦袋都陷入大混亂！

「市長，到目前為止的內容，你都明白了嗎？」

我深深的吸一口氣，用力點頭。若不這麼做，事情便無法進展。

「就算影子的世界這麼好——」薄野先生繼續說下去。

「一旦知道有另一個世界就在旁邊，跟自己的世界又有幾分相似，免不了會產生憧憬。當然也會有人想去看看。你不可能阻止那樣的趨勢，但若是放著不管，又可能爆發不滿。於是，我們住的地方辦了『三年移住計畫』，每三年開放一組家庭到這個世界居住。這算是活化居民的祕密武器。要在眾多報名者之間中選，實在是難上加難。我們第二次報名就中選，真的算是相當好運。

「到這裡居住有一個條件，是原本的身體不能跟著過來。我們的身體就是影子。也就是說，我們要變成這個世界的人來生活。現在這副模樣，我們叫做『反影』。」

「反影？」

我有點不高興。為什麼我們得當反面？

「請別覺得不高興。在我們的世界裡，影子才是主體，現在的樣子當然算『反影』。所以，我們在這個世界才沒有影子。」

說到這裡，薄野先生吁了一口氣。

坐在一旁的薄野太太，輕輕撫摸點綴著黃色和綠色花朵的裙子，似乎相當中意。她跟我對上視線時，露出微笑，如同在說：「那邊的世界裡，我們的身體都是灰色。能在這裡穿上有顏色的衣服，真的很高興……」

「你剛剛說，報名移住計畫的人很多。對吧？」

「沒錯。影子一族的好奇心相當旺盛。雖然身體跟紙一樣單薄，我們其實很喜歡挑戰新事物喔。」

「呃——」

我一時不知如何接話。以前一直覺得影子可有可無，想不到影子也有自己的個性……現在重新想想總是緊跟著自己的影子，忽然有種親切感。

「你所謂的『中選』，是抽籤嗎？」

「不，是猜拳。」

「喔喔……」我再次接不上話。

「我們那次有兩百個家庭，共五百人報名。只有一路獲勝的最後組別能前來冒險。而且，冒險還有條件：不能被這個世界的人發現我們沒有影子。這是絕對得遵守的規則。可惜現在已經被拆穿了……一旦被發現，將立刻被召回。明明還有一年半的時間呢……」

薄野先生失望的低下頭，他的妻子跟小孩也垂下肩膀，眼中甚至閃著淚光。

見到這一幕，身為市長的血液開始騷動。

「現在坐在這邊的你們，毫無疑問都是克里克城的居民。因此，本市長會守住你們的祕密，並且保護你們。請儘管放心。」

「呼——」

我這麼說之後，薄野先生才輕輕的、長長的吁了一口氣。

「但是，很困難吧。這裡的市長會坐視不管嗎？這裡的市長對不守規矩的人，可是很嚴格的。」

怎麼能在這裡被瞧不起？我的內心燃起一把火。無論如何都要讓他們見識自己的力量。

「不會有問題。我也是有力量的。首先，我會好好保密你們的真實身分。如何？你們自己也做得到吧。」

「當然。我們一定會努力！」

薄野先生的臉逐漸恢復血色。

我在城裡建築物比較高的地段，找到一小間晒不到太陽的房子，將薄野一家安置過去。房屋緊鄰著有屋頂阻擋陽光的商店街，附近還有室內運動中心，以及讓小孩就

讀的學校。即使只有一年半，在這邊的世界上學，應該也是不錯的體驗。

我還買了三把又大又堅固的傘，送給薄野一家人。只要當作洋傘使用，即使在沒有陰影的地方也不會被懷疑。

「非要在晴天出門的話，就使用這個吧。」

在那之後，我就沒有跟薄野一家來往，再也沒見過他們。

不知道過了多少年，某天我走在路上時，有個小女孩跑了過來。

「市長叔叔，有人會沒有影子嗎？就算站在太陽下，也不會出現影子的人。」

「嗯……或許有吧。」

我謹慎的回答，然後小聲問她：「妳看到了？」

「嗯。」

「那麼，有什麼感覺？」

「有點奇怪，但又不奇怪。他們看起來很普通。不過，好像還是怪怪的……有種透明的感覺。」

「是嗎……」

聽到小女孩這樣說，我不禁高興起來。看樣子，兩邊世界的小小交流仍然持續著。還是有人贏得猜拳比賽，得到這邊的居住資格過來生活。

「根特啊，之前看你好像在寫什麼，已經完成了嗎？」

吃完晚餐，維希沒來由的問道。拜託，別突然提這種話題好嗎……

「我在寫東西？」

這個時候當然只能裝傻。

「我早就注意到囉。昨天深夜，你不是寫得很專心？」

「那不是什麼……」

「別再遮遮掩掩，讓我看嘛。」

「真的沒有什麼好看的。如果妳那麼想看……」

我把紙堆整理好，遞給維希。

「這是每天的三餐紀錄，我試著整理下來。退休後沒什麼事，便拿這個打發時間。實際寫過後，發現意外的有意思呢。」

我早就預想到這種狀況，所以先另外寫好了這東西。

「什麼，我們家的三餐日記？我看看……天啊，我一個星期內煮了三次豆子湯！」

「那時妳用大鍋子煮湯，我們才連續吃了三天。」

「唉呀，未免也太偷懶了。這些紀錄都是真的？」

「我才不會亂寫。妳不是要我輕鬆寫，不能老是想著要寫得很好？」我一臉認真的回答。

關於影子世界的原稿，至今仍然躺在書桌抽屜的深處。維希要是看了，大概會覺得難以置信吧。不過，愈是覺得不可能發生的事，說不定其實愈可能成真喔。作為一名市長，我認為自己很珍惜這種自由寬大的胸襟。世界上，有時候就是會發生不可思議的事情。

至於要不要相信，由你自己決定！

話說回來，到目前為止，我只寫過一首詩。也只有內人——更正，是維希，以及魔女琪琪讀過這首詩。

嘩、嘩、嘩
每次都到那裡而已
每次都只聽到腳步聲
海浪先生
這裡，在這裡
貝殼在這裡

——維希

我是克里克的海岸線　東西綿延五十三公里
我用長長的雙手　守護克里克城
大浪小浪都乖乖聽我的話　馴服吧
清晨　太陽升起……
和緊握的貝殼並肩　一起大聲呼喊
早安！
傍晚　太陽下山時……
和緊握的貝殼並肩　一起大聲呼喊
明天見！

——根特

2 灰色的貓

「根特，根特，快看。」

從外面回來的維希一臉高興的對我說。

「有人在公園的長椅留了個箱子，還貼上『請好好照顧牠』的紙條，我就帶回來了。呵呵呵呵。」

維希從上衣的口袋裡，小心翼翼的取出一隻小貓。那隻小貓像極了一團灰色的毛線球。牠在維希的掌中微微顫抖，發出「嗚——嗚——」的聲音。

「是不是可愛得不得了？而且有點像吉吉呢。」

「等等，毛跟眼睛的顏色都不同吧。」

我從她的手中接過小貓，湊近看個仔細。

「啊，牠好像餓了喔。」

「就是說啊。可憐的小傢伙。」

「你啊，肚子在咕咕叫。對吧？」

我對小貓說話。小貓吐出淡紅色的舌頭，舔舔我的指尖。

「唉呀，真是太可愛了。」

維希帶著陶醉的聲音，用手盛了一點牛奶，湊到小貓的嘴邊。

啪嚓、啪嚓、啪嚓……

小貓伸出花瓣般的舌頭，舔起牛奶。

「你就叫……『舔舔』吧。」

於是，我們為小貓取了這個名字。

從這天開始，舔舔每天晚上輪流在我跟維希的懷裡睡覺。

過了一個星期，某天深夜——

窗外一陣又一陣長長的貓叫聲將我叫醒。原本待在被窩的舔舔突然開始躁動。我牢牢的抱著牠，看向窗外，發現門燈底下出現一隻貓，大大的張嘴叫著。牠的嘴巴如同幽暗的小洞穴，每叫一次，火焰般的紅色舌頭就跟著翹起。

「喵嗚——喵嗚——」

維希也從睡夢中醒來。

「什麼事？啊！會不會是舔舔的母親？」

「她知道自己的小孩在這裡啊。」

舔舔跟著發出嗚嗚聲。外面的貓聽見，更加伸直背脊，低吼起來。舔舔伸出小爪，用力抓我的手，跳到地面。

「牠們一定很想見面。讓牠回去吧。」維希有點哽咽的說道。

舔舔到處跑來跑去，急著想找出口。我們抱起牠，走到屋外。

「不用擔心。現在就把孩子還給你。」

維希蹲下身體，這麼告訴母貓。「你們的毛色一模一樣，是牠的媽媽沒錯吧。我們都明白喔。」

我輕輕的把舔舔放到母貓的身旁。下一秒，母貓立刻停止叫聲，溫柔的舔起自己的孩子。

這時，我注意到一件事。以前好像見過這隻貓喔！背上那撮旋渦狀的毛，應該不會錯……我蹲下去輕撫母貓的背，小聲告訴牠：「那天晚上受你幫忙了。我一直沒有忘記喔。謝謝你的魔法。」

母貓聽了，瞬間抬頭看過來一眼……然後，立刻叼起舔舔，倏的轉身跑走。

「怎麼回事？我們不會對你做什麼，不需要逃走嘛！」

維希追上去，難過的大喊。

「是不是你嚇到牠了？剛剛說了什麼？」

「我什麼也沒說啊。」

我輕撫手臂上被舔舔抓過、微微滲血的傷口，把臉別到一旁。

再怎麼想，牠都不可能是當時那隻灰貓。就算牠真的有魔法，也已經過了三十多年。不過，那銳利的眼神，以及離去時的背影，還是像極了那隻貓。

沒錯。三十多年前的某個夜裡，在那隻貓的幫助下，我遇到了不可思議而且是唯一一次的魔法！

我在二十六歲那年，當上克里克的市長。

「讓居民的生活更美麗，讓克里克城更美麗，做一個說到立刻做到的市長。」

這是我參選時提出的政見。

「『更美麗』是什麼樣子？」當時有人這麼問。

「『更美麗』就是『更美麗』啊。」我是這麼回答的。

「我還是不太明白。」最後，那個人帶著滿頭問號離去。

對喔。每個人對「美麗」的理解不盡相同。作為一名市長，應該要具體回答打算怎麼做。這點必須反省。

我自己也是在城裡的花店長大，想要好好努力，讓這裡更美麗的熱情沒有半分虛假，內心也早有一幅理想的克里克樣貌。多虧城裡居民認可這樣的我，最後才得以壓倒性的高票當選。我大概也開始有點得意起來，再加上當時還年輕氣盛嘛，於是滿懷抱負的走遍城裡各處，打聽大家的心聲。

「市長先生，不好好觀察是不行的。你知道這個城鎮正在轉變，規模也逐漸擴大嗎？」

某次，一名買完東西、準備回家的婦人主動來搭話。

「我覺得城鎮逐漸擴張，是件好事啊。」

「自己一直成長下去，也是不行的。」

這我就不明白了。克里克城會自己成長？又不是樹木。

「市長先生，你要不要先睜大眼睛，好好確認一遍？每個角落都要看個仔細喔。原本北邊長滿綠地的牧場，不知何時突然消失，變成一堆奇怪的建築；砍掉森林裡的樹之後，也不種新的。把一切弄得亂七八糟，太糟糕了。這都要怪前一個市長什麼都不管……克里克城之所以美麗，就是因為有這些景色。你的政見不就是讓這裡更美麗嗎？那就應該好好想辦法。」

「是，是的。您說得對極了。那麼，我馬上去那邊看看。我可是個說到立刻做到的市長。」

我向婦人點頭致意後，隨即準備出發。

「啊呀，市長先生。難道你打算用走的？那樣太花時間了。你不是說到要立刻做到嗎？」

「不然，我騎腳踏車去。」

「那樣也不夠吧。你應該先一口氣掌握整體的情況。這可是建設的第一步喔。要一口氣掌握全局的話，城裡不是有個很理想的地方？就是那座鐘塔啊。爬上鐘塔的頂

端，就能將整座城鎮看得一清二楚。」

「啊——沒、沒錯。有道理。」

我支支吾吾的應聲，向婦人深深行禮後，轉往鐘塔的方向前進。不過，還走不到五公尺，我便停下腳步，抬頭望向那座塔。

好高！未免也太高了吧！

說到克里克城的名勝，便不能不提那座鐘塔。甚至有外地人遠道而來，就是為了爬這座塔。據說長期出遠門的人，從山間看到鐘塔的尖頂，都會萌生「終於回到自己的家」的祥和感。

克里克城的每一位居民，都深深的愛著這座鐘塔……但是很遺憾，只有一個人例外，那就是市長我。

請不要誤會。我同樣愛著這座塔。從遠處或底下欣賞時，同樣覺得很美麗。

不過啊，我很怕高的地方，也就是所謂的「懼高症」啦。如果只是爬到三樓，倒還可以忍耐。再高的話就絕對不行！

我從來沒想過，當市長還得爬上那座塔。之前一直以為，那種事交給鐘錶師傅處理就好。

唉……我不禁嘆口氣，陷入躊躇。想不到市長有這麼多任務。

拖拖拉拉兩、三天，我仍然下不了決心。但這樣下去也不是辦法，自己終究得爬上去。這天清早，我鼓起勇氣往鐘塔出發。塔的內部自成一個空間，頂端的小窗透進幾絲陽光，微微映照出高聳的螺旋階梯。這個狹窄的空間看不見外面，在爬樓梯的過程中，比較不至於感覺到高度，我應該還勉強辦得到。之前聽鐘錶師傅說過，這段階梯共有兩千三百五十八級。我就這麼一步一步，慢慢的往上爬。過程辛苦歸辛苦，快要喘不過氣，最後總算順利到達頂端。我深吸一口氣，鎮定情緒後，從大時鐘上的觀景窗往下看整座城鎮——

我的媽媽咪啊——

才那麼一瞬間，腳底立刻竄上一股寒意，胸口再次劇烈跳動，腦袋開始發暈，意識也愈來愈模糊。我的四肢一陣癱軟，像被撒鹽的蛞蝓，整個人跌坐在地。

我我我……我竟然來到這、這麼高的地方！在強烈的恐懼下，眼眶好像快要泛出淚水。我用雙手撐住地面，勉強將視線移向天空，正好看見琪琪騎在掃帚上，載著黑貓吉吉飛過去，留下一段優美的線條。

我成為市長後不久，琪琪跟她的黑貓來到這裡，經營起宅急便的工作。他們剛出現的時候，似乎不太受到歡迎，遲遲無法融入這座城鎮，現在則是被大家當作寶，到處飛來飛去，幫忙運送東西。

我也希望被大家當作寶，幫上大家的忙。這不就是市長的目標嗎？

可是，一說到高的地方……無論如何我都沒轍。

我喘著大氣，全身流著冷汗，以匍匐倒退的方式爬下階梯——就在這時，腦中忽然閃過一個點子。

對喔。讓琪琪代勞吧！既然她總是在那麼高的地方飛，何不請她幫忙到處看看，再回來跟我報告？當然了，這種事情絕對、絕對得保密才行。至少要裝成我實際去視察過。再怎麼說，我可是說到立刻做到的市長啊！

翌日，我立刻偷偷摸摸的尾隨琪琪，等到了人煙稀少的地方，跟她提城裡的事情。

「是的，市長先生。我也聽過索娜太太說，這一陣子城裡改變了不少。」

「是那間『古喬爵麵包店』的老闆娘嗎？」

「沒錯。她的丈夫，福克奧先生以前會從郊外的牧場送牛奶來城裡賣，但現在經營牧場的人愈來愈少，好像也沒人從事這個行業了。明明有那麼漂亮的牧場，聽說人們不開闢道路，直接就地蓋起房子。」

「是嗎？唔嗯……」

聽到這裡，我陷入思考。這是城裡居民一直以來關心的事，我卻毫不知情。這樣的市長未免太失職。

「所以，我想拜託……能不能請妳騎掃帚，好好觀察現在整座城鎮的樣子，回來告訴我？從空中看的話，應該能將變化的情況看得很清楚。」

「可是，我做的是宅急便，真的有辦法代替市長嗎……」

經她一說，的確很有道理。琪琪仍然是個少女，而且就算說是魔女，也仍然在實習階段。

「不，算了。這的確應、應該由我自己好好去看才對。」

怎麼可以隨便依賴別人——我感到愈來愈羞愧。我可是受到大家期待而當選的市長啊！

話是這麼說，我還是用公務繁忙幫自己找了藉口，將爬鐘塔的事情順延一天。

無巧不巧，我又在城裡碰到日前那位婦人。

「市長先生，怎麼樣，郊外是不是變了很多？從高的地方看過一遍，你應該也很清楚吧。」

「嗯……」我只能含糊其詞。

「城鎮隨著時代變化，也許是免不了的事。但我還是希望，你們能保存好克里克原有的美景。」

唔咕！

「這、這是當然的。我會好、好好努力。」

我匆匆忙忙行個禮，盡快結束這個話題。

啊呀——開始被緊迫盯著，這下麻煩了。真的得趕緊想個辦法。

我決定每天早上都去爬鐘塔。不是

有句話說「熟能生巧」嗎？

可是，不管怎麼樣，我就是沒辦法變得熟練啊！每次爬到頂端，一往下看，眼前便開始大旋地轉，回程時只能用匍匐後退的方式往下爬。到最後，我完全失去自信。

夜裡，我坐在窗邊，望著星空發呆，思考這麼沒用的自己該如何是好。忽然間，我聽到敲門聲。開門一看，腳邊有一隻灰色的貓，抬起頭看過來。這隻貓的背上，有一撮旋渦狀的毛。

「咦，怎麼了，貓也會迷路嗎？要不要帶你回去？」我半開玩笑的說道。

「呼——」

灰貓張大嘴巴，用力噴出一口氣。

「嗯？怎麼，發生了什麼事嗎？」

「呼——」

牠又用力噴一口氣，並且牢牢盯著我，用低沉的聲音說：「跟我來。」沒有錯，牠真的動了嘴巴，清楚的說出人話！

我馬上點了點頭，沒有第二句話。

灰貓高翹起尾巴，挺直肩膀走在前面，我像是被拖著似的跟在後面。今夜只有一彎新月跟幾顆星光，相當幽暗。走了一陣子，灰貓帶我進入城裡最大的公園，在樹林間繼續前進。突然間，眼前出現一片空地。想不到公園裡還有這樣的地方……正當我暗自訝異，灰貓倏地停下腳步。我們身處於深沉的黑暗中，唯有眼前的空地隱約發著光，格外突出。這時，其他貓靜悄悄的聚集過來，數量愈來愈多，到達驚人的程度。牠們的眼睛在黑暗裡發出金色光芒。最後，貓群沿著空地圍成一大圈，一起看向幽暗的夜空，「呼」的吐氣，然後發出交談般的細小聲音。

「喵嗚喵嗚喵嗚喵嗚喵嗚……」

彼此的聲音逐漸重疊，聽起來像是在唱歌。

我躲在樹木後悄悄觀察。貓咪們隨著「喵嗚喵嗚」的歌聲，一會兒睜眼，一會兒閉眼，不時還交互眨左右眼，再緊閉雙眼。每次牠們眨眼時，都能看到眼中閃爍著

光芒。

帶我到這裡的那隻灰貓，也跟大家一起做同樣的動作。接著，牠轉頭看向我，猛然張大嘴巴，彷彿在暗示我也跟著做。我連忙點點頭表示知道了，模仿牠們睜眼閉眼。

不知道經過了多久，所有貓咪忽然停止唱歌，跟開頭一樣「呼」的吐一口氣，各自回頭，不帶聲響的消失在黑暗中，就如同來時那樣。

最後，灰貓慢慢靠近我。

「真不敢相信，公園裡竟然有這樣的聚會！你們一直在像這樣眨眼睛對吧？我也跟著做了喔！」

我興奮的大聲說著，朝牠跑去。

「謝謝你讓我看這麼有趣的事！」

「呼——」

灰貓用重重的噴氣代替回答，接著什麼也不說，逕自轉過身去，消失在黑暗裡。

第二天早上，我如同往常，爬上鐘塔內的螺旋階梯。身為一名市長，沒有怕高的道理，說什麼也得想辦法治好。到達頂端後，我小心翼翼的睜開眼睛往下看……但是說也奇怪，今天的自己竟然沒有任何感覺。心臟沒有跳出喉嚨，腦袋也不會暈眩，我完全不感到害怕！我可以從城市的一端看到另外一端，好好觀察整體的樣子了！

在心曠神怡的風中，我來來回回看了無數次整座克里克城。

這該不會……是昨天那隻灰貓的魔法吧？

「跟我來。」

我想起牠低沉穩重、如同貓老大的聲音。雖然只有短短三個字，那說不定就是一種魔法——不，肯定不會錯。那一定就是治好糾纏我多年懼高症的魔法。

這樣想想，我一定得再找到那隻貓，好好跟牠道謝才行。

從那天開始，我總會在口袋裡放一大把上等魚乾，做好隨時能道謝的準備。

不過，即使我已經費了不少心神，那隻灰貓卻遲遲沒再出現。難不成，牠是只在那天夜裡出現的魔幻之貓？

直到某天傍晚……

我看見一隻貓往公園的樹林走去。那隻貓是灰色，背上有一撮旋渦狀的毛。喔！說不定今天晚上又有貓咪聚會。我放輕腳步跟在後面。太陽下山後，樹林內跟著暗下來。

「嘿，嘿。那天晚上——」我輕輕挨近灰貓。

灰貓突然停住，定在原地動也不動。

「真的很謝謝你的幫忙。這是一點心意……」

我從口袋掏出魚乾，想送給牠。對於這個舉動，牠只是迅速的轉過頭，發出驚人的聲音。

「喵喵——」

接著，牠像是要甩開我似的轉回去，奔向漆黑的樹林，失去蹤影。

我愣愣的杵在原地。

剛才的聲音似乎是要我「閉嘴」！

也像在說「不要跟我裝熟」！

也可能是說「休想收買我」！

無論如何，牠確實對我展現了僅限一次、只有貓才擁有的魔法。所以直到現在，我仍然沒對任何人說過這件事。

那隻貓大概是以克里克市民的身分，助我這個靠不住的市長一臂之力吧。事後回想起來，多虧牠的魔法，那年除夕夜發生「時鐘故障事件」時，我才得以毫不猶豫的爬上鐘塔的頂端。

經歷灰貓的魔法後，我養成每三天爬一次鐘塔的習慣。從鐘塔的頂端眺望，確實能看清楚整座城鎮的樣貌。此外，我還領悟不能只從遠處看的道理，於是開始在城裡各處走動。到四處走走，能聽見每個地方的聲音，感受當地居民的心情。

即使現在，卸下市長的職務後，我仍然維持著爬鐘塔跟到處散步的習慣喔。

舔舔離開後的幾天，我在維希的桌上發現一本攤開的筆記，上面好像寫了一首詩。

那首詩的標題是「舔舔」。

我忍不住看了看。

舔舔　舔舔
跟著我做　舔舔
舔舔　舔舔　牛奶
舔舔　舔舔　空氣
舔舔　舔舔　舔舔舔

我能夠了解這首詩。

這大概是舔舔的魔法吧。

艾兒女士遇到的事

黃昏朝著托萊．特卡拉村直奔而去。

如同字面上的意思，在這個沙漠的村落，黃昏真的是以飛奔的速度而來。原本被太陽照得刺眼的紅色沙丘，剛從底部染上些許暮色，才一眨眼，便整片變成厚重的黑色。接著，黑影迅速蓋滿綿延不斷的沙丘，原本湛藍的天空也出現淡淡的桃紅色，如絲帶般在沙丘的上空伸展開。

艾兒女士回到生長的故鄉——托萊．特卡拉村後，每到傍晚，都會看著美麗得幾近恐怖的天空，握緊拳頭，眼中泛起淡淡的淚光。

「桑丹……和那個人……都在那裡……」

接著，她發出支離破碎的聲音：「預感會有好事發生。預感會有好事發生……」

這是住在遠方城鎮的年輕魔女琪琪教她的咒語。

「想再去一次那個充滿綠意的克里克城。」

這是艾兒女士罹患重病的兒子——桑丹的最後願望。因此，艾兒女士暫時放下故鄉的工作，再次搬去待過將近十年的克里克城。她在那裡認識了琪琪，也的確遇到了好事。她的畫家兒子桑丹，留下了人生中最美麗的作品。每次想到這裡，艾兒女士的胸口便湧出一股暖意。但是同一時間，桑丹已不在人世的事實，更加揪住她的胸口。

「預感會有好事發生……」

就連咒語好像都失去力量。明明已經回到故鄉，艾兒女士的心卻像是空了一個大洞，再也不會喜悅，不會悸動，甚至不會擔憂。

現在的艾兒女士，只要告訴自己「不如死掉吧」——只要這麼一句話，似乎就可以隨時迎接死亡。她完全變成隻身一人，再也沒有活下去的動力。

這是桑丹十歲時發生的事。

艾兒女士的丈夫名叫猶卡，是沙漠的管理人。某天，他出發前往沙漠後，再也沒有回來。村子裡一片譁然，所有人都出動去尋找。但是，猶卡像變魔術般，消失得無影無蹤。猶卡在這個沙漠裡的村子長大，對他來說，沙漠如同自己的遊樂場。不論怎麼想，這樣的人都不可能遇難才是。

話雖如此，的確偶爾有人會在沙漠裡失蹤，而且是像人間蒸發般的消失。這個地方確實會發生不可思議的事情。

從很久以前開始，村子裡便流傳一種說法：這片無邊無際的沙漠某處，存在一個細小的裂縫。若有人剛好從上面走過，會在一瞬間被吸進去，連出聲求救都來不及。

沙漠底下的最深處，是跟地面上一模一樣的世界。從沙漠裡消失的人，會在這裡過著如同往常的生活，壓根兒不會注意到自己「消失」了。

至於那個細微裂縫，會隨著風吹不斷移動，從來沒有人找到過。即使偶然間發現，也會在一瞬間被吸入，根本來不及告訴任何人。所以，也沒有人知道裂縫是否真的存在。「裂縫說」甚至可能是失去摯愛的人太過傷心，為了相信他們仍在某處活著而編出的說法。總而言之，村裡的人猜測，猶卡可能也掉進那個裂縫了。

即使覺得裂縫只是編造的故事，艾兒女士多少也有點相信這個說法。

那一天，猶卡告訴她「我去看看風沙的狀況，很快就回來」，不帶水壺便出門。

綿延不斷的沙丘在風吹之下，每天的形狀都在變化。

前往沙漠時，最重要的莫過於水。偏偏就在那次，艾兒女士因為猶卡說很快就會回來，自然的相信了他。自從他失蹤後，艾兒女士一直很懊悔，為什麼沒有提醒他帶水。

於是，艾兒女士在沙漠入口開了一間店，叫做「好喝的水」，再將住家從村裡遷過來。準備進入沙漠的人，都會先到這裡喝杯茶水，裝滿自己的水壺。過沒多久，艾兒女士推出一款如同沙塊鬆鬆乾乾的點心，之後還成為這個村子的名產。

艾兒女士搬去克里克城之前，一直在這裡做生意，陪著體弱多病的桑丹畫圖。對她而言，經營這間店是很有意義的事。

桑丹在克里克城病逝後，艾兒女士回到托萊．特卡拉村，打算重新開店。然而，現在的她失去力氣，身體不聽使喚，連自己都嚇了一跳。想必是心愛的人一個個離世，強大的悲傷讓她再也承受不了吧。艾兒女士也想像不到自己會變成這樣。她把店關了，整天什麼也不做，只是坐在窗邊發呆。每到傍晚，沙漠的天空轉為美麗的淡紅色。艾兒女士一直坐在窗邊，為了就是這個瞬間。她會對著天空喃喃自語：「預感會有好事發生……」

遺憾的是，就連丁點的好事，都遲遲沒有降臨。日復一日，艾兒女士只是兩眼無神的坐在那裡。過去那個勤勞的艾兒女士，彷彿未曾存在過。

村裡的人相當擔心，輪番前來探望。有人願意幫忙一起開店，還有人為她燉了營養豐富的蔬菜湯。

可是，對艾兒女士來說，村民的熱心反而是一種打擾。

她只要大家「不用麻煩」，而不是道謝。久而久之，大家漸漸失去耐性，不再上門關心。其實，連艾兒女士都覺得自己變得討人厭。但即使這麼想，她怎麼都無法改變。

某天傍晚，晚霞特別美麗。艾兒女士彷彿受到淡紅色的天空召喚，拖著不穩的腳步走進沙漠。頭頂上的淡紅色慢慢褪去，換上深沉的靛藍。第一顆星星點亮後，周圍的星星接二連三亮起，布滿整面天空。

好想就這樣追著星星，迷失在沙漠中——艾兒女士抬頭朝向天空，不停走著，腳底的沙也不斷塌陷流散。

嚓！

突然間，艾兒女士的手臂竄過一陣燒灼般的痛覺。

「好痛！」

這一瞬間讓她想起小時候，被仙人掌扎到時的疼痛，以及不甘願。這片沙漠的仙人掌色澤翠綠，全身上下卻滿是恣意突出的尖刺。在太陽照耀下，看起來如同在手舞足蹈，讓人忍不住想摸一下。

「該不會……又是那惡作劇……」

艾兒女士在夜色裡定睛細看，發現一個類似小時候常被刺到的仙人掌身影，舉著雙手站在前方。

「果然！」

碰到仙人掌時，絕對是走為上策。艾兒女士立刻轉身往回跑。背後開始傳來咻、咻、咻的詭譎滑行聲。

過沒多久——

嚓！

這次是小腿。

「好痛！很痛哪——」

她回頭大喊。不過，針一樣的尖刺還是不斷飛來，扎在手上。

艾兒女士抱著疼痛的手臂，拖著被扎到的腿，一個勁的逃跑。直到不久之前，明明還覺得怎樣都無所謂，恨不得立刻從世上消失，現在卻狼狽成這副德性。她滿肚子怨氣，內心燃起憤恨的火苗。

到家後，艾兒女士小心翼翼捲起上衣袖子，將手臂泡在冷水裡，再仔細的一根根拔出仙人掌刺，塗上消毒液。她全身痛得彷彿在燃燒。

「完全忘了會這麼痛。」

她忍不住瞪了一眼窗外的沙漠。

兩天後的夜裡，艾兒女士癱在椅子上望著窗外。她的身體仍然有一點疼痛和搔癢。每到夜晚，淚水總會毫無預兆的流下。新月的微弱光芒照著沙漠，沙丘上的光影條紋相間，延伸到遠處。

咚、咚、咚。

有人在敲店門。

「歇業中，不好意思。」

艾兒女士冷冷的應聲。

「別這樣嘛。是我啦！」

門外的人一副熟稔的口氣。

「我怎麼知道你是誰啊？」

艾兒女士慢吞吞的站起，打開店門。

外面站著一棵跟她差不多高，高舉著雙手的仙人掌。

「小艾兒，好久不見！是我啊，刺刺怪。

還記得嗎？這是妳小時候幫我取的名字喔。該不會忘了吧？」

「哼。」艾兒女士不太高興的皺了皺鼻子。「我才不認識你。」

「騙人。妳怎麼可能忘記？」

刺刺怪嘟起長滿刺的嘴巴。

艾兒女士還小的時候，時常跟這個仙人掌打架。

仙人掌總是趁小艾兒獨自一人時「咻——」的靠近，用針扎她，吵著「來玩嘛！來玩嘛！」，那真的會痛喔！

正因為如此，小艾兒才叫他「刺刺怪」。

「不能隨便碰仙人掌喔。」

母親這麼告誡小艾兒。

「明明是他自己過來的。」

小艾兒不高興的抗議。

「妳要說『不』，趕快逃走。」

「我已經一直說不，叫他不要過來了。」

即使如此，當小艾兒單獨一人時，刺刺怪照樣「咻——咻——」的找上門。

「來玩嘛！來玩嘛！」

嚓！

「很痛，很痛耶！」

不甘心的小艾兒會抓起地上的沙撒向刺刺怪，或是唱自己編的歌作為報復。要是真的動手動腳，只是著了對方的道，被更多刺弄傷而已。

刺刺怪——刺刺怪——
全身都是刺，好可憐喔！
沒有人想靠近你
也沒有人想跟你玩！

「哇——小艾兒，真的好久不見了！」刺怪靠在門上說道。

「這一陣子看妳沒什麼精神，是怎麼了嗎？妳一沒有精神，沙漠也會變得不開心喔。要不要我跟以前一樣陪妳玩？」

他抬起眼睛，看著艾兒女士。

「知道妳回來時，我真的很高興喔——」

周圍長滿刺的眼睛，骨碌碌的轉動著。

「妳要像以前那樣笑我也行喔。儘管笑嘛！我們不是好朋友嗎？從小到大的好朋友嘛。真的好懷念哪——」

「非常可惜。我回來是回來了，但可不打算跟你玩，我們也不是什麼朋友。」

艾兒女士憤憤的說著，嘴角也往下沉。

「前幾天晚上用刺扎我的，就是你吧。真是學不乖，又開始欺負人。我拒絕。」

「唉喲，人家太高興了嘛！所以才想扎妳一下，打個招呼啊。」

這一次，艾兒女士擠出所有力氣，狠狠的瞪刺刺怪。

「什麼懷念……什麼朋友……把扎人當有趣，你的個性還是一樣差勁！怎麼一點也長不大！」

她捲起袖子，秀出仍然腫脹的手臂。

「這是對待老朋友的方式嗎？我已經受夠了。別再來煩我！」她重重的丟下這句話，用力甩上大門。

怒氣沖沖的艾兒女士直接鑽進被窩，準備就寢。那天晚上，她在不知不覺中睡著。再次睜開眼睛時，已是隔天早上。

隔天夜裡，又有人敲響店門。

「歇業中。抱歉造成您的不便。」

艾兒女士掛著下八字嘴角，沒好氣的應聲。不過，她還是老實的開門。

「晚安。又是我！小艾兒啊，不用裝什麼大人啦。還說什麼『造成您的不便』……」

沒錯，又是仙人掌刺刺怪。他長滿刺刺睫毛的眼睛眨個不停。

「那眼神是什麼意思！請立刻停止裝可愛的行為。」

「妳看，剛說完又開始裝大人了。什麼『立刻停止裝可愛的行為』。用小孩的方式跟我說話就好了啦。還是妳急著想變成老太婆？」

「我還不是老太婆。今天你又有什麼事？沒事的話趕快回去。」

艾兒女士把臉撇到一邊。她對刺刺怪的態度依舊不友善。

「啊喲，人家就是來玩的啊。這可是很重要的大事喔！」

刺刺怪揮了揮高舉在空中的雙手，尖刺跟著一根根掉了下來。

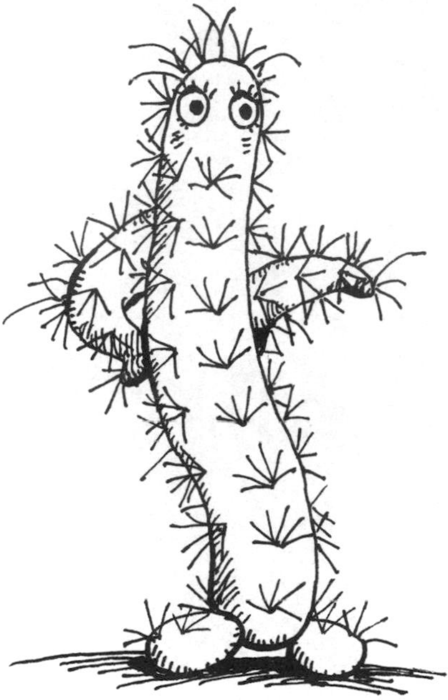

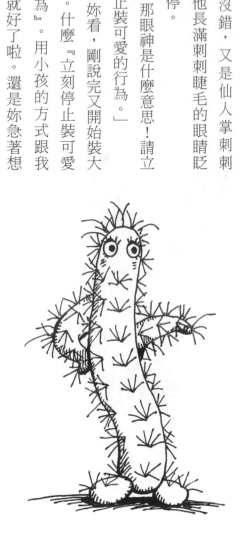

「不要把刺撒在店門口。客人來了被刺到要怎麼辦？」

「咦——妳剛剛不是說歇業中嗎？我沒聽錯吧。那怎麼會有客人來？」

「明天就會開店。」艾兒女士想也不想的回嘴。

「喔，是嗎？那最好貼出告示，寫上『今天開始營業。長期歇業造成不便，敝店感到非常抱歉』。」

「喔？竟然懂得用『敝店』這種自謙詞。」

「嗯。別看我這樣，我也是有用功的。」

刺刺怪挺起腰桿，一副了不起的模樣。

結果，又有一堆尖刺掉到地上。

「你看，又來了。回去前記得全部撿乾淨啊。」

「我當然知道。」

刺刺怪將手動個幾下，地上的刺便回到手上。

「怎麼樣，仙人掌是不是很厲害？我們可是很優秀的植物喔。」

「還有四根。請『全部』撿乾淨。」

艾兒女士瞪他一眼。

「不要，那是故意留下的。明天開店的話，不是要貼告示嗎？這幾根刺正好派上用場，給妳當作圖釘。」

刺刺怪說完，哼唱起「今晚的月亮特別亮」才離去。

艾兒女士被氣到腦袋快要冒煙。她已經很久沒這麼生氣過，全身甚至發起熱來。她拉開抽屜，拿出一張紙，寫上：「今天開始營業。長期歇業造成不便，敝店感到非常抱歉。」

她甚至連「敝店」也順手寫了上去。

寫好告示後，艾兒女士撿起留在地上的四根刺，打算把紙釘在門口的牆上。

嚓！

明明已經很小心，她還是刺到手指。

「那個傢伙，真是……」

她一邊低聲碎念，一邊將刺拔出手指，把牆上的告示釘牢。

夜裡，艾兒女士像小嬰兒，含著疼痛的手指入眠。那一天，她難得睡得特別熟。

翌日，艾兒女士久違的重新敞開店面。

說是這麼說，她依然什麼都不做，只是慵懶的窩在椅子上。即使店門重啟，她的心房仍未打開。有時候，她會到店外看看告示。不過，這天沒有任何客人上門。

「小艾兒——」

外面傳來刺刺怪的聲音。又來了。

「吵死了……」

早已就寢的艾兒女士不甘不願的起床，打開門。

「小艾兒，告示上只有這句話是不夠的。還要寫上妳的名字。」

「沒有這個必要。經營這家店的，不可能是我以外的人。」

「是嗎——」

刺刺怪稍微伸開原本高舉的雙手。

「不寫上名字的話，大家會以為店長搞不好換人了。誰教妳哭喪著一張臉，那麼久不開店。」

艾兒女士不高興的哼了一聲。

「不需要。」

「一定要有名字啦……不然，寫我的名字也可以。嗯，刺刺怪比較好。說不定更受歡迎喔。」

刺刺怪揚起「怎麼樣？」的笑容，熟練的滑著沙子回去。

「什麼意思！」

艾兒女士被那句話惹惱了，恨不得上前爭論，但刺刺怪早已不見蹤影。最後，她帶著滿肚子氣，在告示上追加「艾兒」兩個字。

隔天的午後，終於有客人上門。

造訪者是一名年輕男子。他背著大背包，穿著厚實堅硬的鞋子。

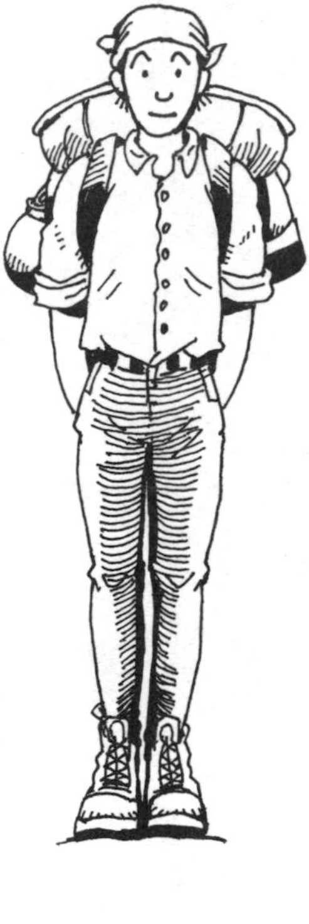

「之前歇業了很久，所以現在什麼都沒有。」

艾兒女士一臉抱歉的告訴客人。

「至少有水吧，艾兒女士？」

「咦，你知道我的名字？」

「不是寫在告示上？可以這樣稱呼妳吧。」

「可以。請便。」

艾兒女士聳了聳肩。她彷彿看見刺刺怪滿臉得意的說：「妳看，不是說了嗎？寫上名字果然是對的！」

「只要水的話，這裡有很多喔。在沙漠裡，最重要的就是水。」

客人聽了，立刻接下去。

「是的。村裡的人都介紹我來這裡。雖然好像歇業中……他們還是建議我來問問看，因為這裡的水特別好喝。到了以後，就看見門口的告示。真是太好了。」

「哪裡，只是普通的井水。如果你不介意。」

「聽起來真不錯。沙漠裡的井水一定很深吧。所以地底最深的地方，真的有水湧出來嗎——啊，對了，先報上名字。我叫做祖特。要是之後在沙漠裡失蹤，請幫我記得這個名字。」

「祖特先生，別說那種不吉利的話。這趟旅程絕對會很美妙。絕對。」

艾兒女士的臉頰泛紅，加強語氣再強調一次。

「絕對會的。」

「不過，這不是普通的旅行。我是去尋找東西的。」

「尋找什麼？」

「一種很小的沙龍捲。」

「咦，去找龍捲風？真是奇特的興趣。沙漠裡吹起強風的話，有時會出現大型沙龍捲。不過，要很小的話，好像幾乎沒有……」

艾兒女士望向天空。

「為什麼要去找那種東西？」

「唉，妳也覺得是『那種東西』嗎。大家都這麼嘲笑我。」

祖特一臉窘迫，把手放到頭上。

「我只是在想，小型沙龍捲的話，是不是可以坐在上面。就像馬戲團裡的踩大球。」

「坐在沙龍捲上？」

艾兒女士不禁發出疑惑的聲音。她眯細雙眼，仔細打量青年的高大身軀。

「算是一種冒險吧。艾兒女士，妳會覺得我很奇怪嗎？追求沒用處的東西，根本是個無可救藥的傢伙，對吧……可是，我就是無法放棄。」

「不，我不覺得你很奇怪。凡事總得試試看啊。預感會有好事發生……對，預感會有好事發生。」

艾兒女士定睛觀察祖特好一陣子後，急急忙忙的從水缸舀水，裝入他的水壺。

「對吧，對吧，對吧。艾兒女士，謝謝妳的水。那麼，我出發了。回來時會再光顧的！」

祖特付完錢，吊著沉甸甸的水壺，踏入沙漠。

「我會等你的。路上小心！」艾兒女士朝著祖特的背影喊道。

「一連問了三次『對吧』……可見他真的很想找到呢。」

她喃喃自語，目送祖特遠去。

「竟然想去找龍捲風，還要特別小的……年輕人真是亂來。不過，好像很有趣！」

艾兒女士的表情柔和下來，露出笑

容。她打從心底感到興奮。

過了兩天，有人在夜裡用力敲門，還大聲叫著艾兒女士。

「又來了！刺刺怪，我正要洗澡，現在沒空！」

外面應該能聽見艾兒女士的聲音，敲門聲卻沒有停下。

「啊，喂，等一等！怎麼這麼霸道——」

艾兒女士穿回脫到一半的睡袍，打開店門。

「晚安！」

刺刺怪對她眨了眨眼，身體像跳舞般不停晃動。

他的樣子有點不尋常。

「這次是有什麼事？」

「什麼事啊——那還用說，當然是來看妳囉。看妳是不是又哭喪著臉。」

刺刺怪把頭歪向一邊，露出調侃的笑容。

「本來想說，要不要送個幾針幫妳打氣呢……怎麼樣，已經恢復了嗎？我可是會擔心妳的。」

「用不著你管！」

艾兒女士忍不住想用手將他推出去。

「不能碰，不能碰，不能碰！妳還想再痛一次嗎？」

被這麼一說，她憤憤的用鼻子噴一口氣。

「啊呀，怎麼對我噴氣。不過光是這樣，是不能跟我打架的喔。」

刺刺怪誇張的聳肩。

艾兒女士氣得體內的血液開始沸騰，往腦袋衝。

就在這時，一根刺「咻」的飛過來，插進她的拖鞋尖。

「抱歉喔。我只要一幸福，就忍不住想欺負人。嘿嘿，不好意思喔。」

「喔？這麼惹人厭的傢伙也想要幸福？你只是說說的吧。多麼可憐啊——我看啊，你這樣是得不到幸福的吧。」

「不用妳擔心。現在的我啊……真的很、幸、福！呵呵呵呵——」

刺刺怪笑了，還用長滿刺的腳踩起步伐。

「那我走啦。再見。」

他「咻——」的吹一聲響亮的口哨，便離開了。

艾兒女士打算追上去，整個人卻差點往前撲倒。原來剛才那根刺穿過拖鞋插進地面，使她動彈不得。她用力將刺拔出，刺順勢飛出去，尖端劃過她的指尖。

「好痛！」

艾兒女士火冒三丈，把針扔出窗外。

這天夜裡，她不斷吸著陣陣刺痛的手指，進入夢鄉。

「不過，他怎麼興奮成那個樣子？到底發生了什麼事……」

「不知道那個青年如何了?」

祖特出發後過了三天,依然沒有回來。艾兒女士開始為他擔心。昨天夜裡,沙漠裡發生一場大龍捲風,揚起漫天沙塵,連天上的星星都被遮蓋。

「那點水應該早就不夠了。」

艾兒女士愈想愈擔憂。總是像風一樣出現、又像風一樣消失的刺刺怪,同樣令她在意。

於是,她裝滿兩個水壺,掛在肩上,前往沙漠。

早晨的天空十分晴朗,前一天晚上的龍捲風彷彿沒發生過。在沙漠裡,除了陽光、藍天與沙子,便沒有其他東西,也聽不到任何聲音。

腳底下不斷流動的沙子,在強烈的陽光照射下,閃著刺眼的光芒。艾兒女士使勁全力,一步一步的前進。

眼前不見任何人影,也不見任何人走過的痕跡。

「祖特先生——」

艾兒女士試著呼喊,但是沒得到回應。

「刺刺怪——」

她再試了另一個名字，同樣沒有回音。

「叫的時候叫不來，不要他時又偏偏一直出現。這是哪門子的孽緣……」

艾兒女士盯著綿延不斷的沙丘好一陣子，但就是不見半點動靜。

最後，她將兩個水壺放在小沙丘的陰影處，打道回府。一路上，她仍然頻頻回頭。

夜晚再度來臨。

咚、咚、咚！

外面傳來敲門聲。

「又是刺刺怪。他還真喜歡這裡。」

艾兒女士開門一看，果然是刺刺怪。他的身體左右搖擺，心情顯得很好。

「我來看看，妳是不是又擺出苦瓜臉囉。」

「謝謝你喔。你這個人也太隨性了吧……」

「我不是人，是仙人掌喔。今天心血來潮，所以就來囉！怎麼樣？」

「看你高興成什麼樣。」

「呀呼！耶——」

咻！

說時遲，那時快，一根刺飛了出來，筆直插入牆壁。

「哇，好險……刺刺怪，安分下來。」

「不是說了嗎？我只要一幸福，心就會飛起來，刺也會飛出來。」

「夠了，適可而止，不要一直瘋瘋癲癲的。白天我可是在沙漠找你找了很久喔。

你都沒聽到聲音嗎？」

「有啊。」

刺刺怪一副無所謂的回答。

「那為什麼不回應？」

「因為啊……呵呵呵，有點事嘛。」

「有點事？什麼事？」

「這個嘛，嘿嘿嘿……」

他笑得合不攏嘴。

「你該不會……遇到找龍捲風的年輕人了？」

「沒有，沒有，沒有。」

被艾兒女士這麼一問，刺刺怪連眨好幾下眼，用力的搖三次頭。

「我在沙漠裡放了裝滿水的水壺，你看到了嗎？」

「有。幫了很大的忙。」

「幫了誰很大的忙……啊，我懂了——你果然遇到他了。老實告訴我，他還好嗎？」

「我不認識他。不認識，不認識。」刺刺怪又用力搖頭，一連否定三次。

「胡說！你一定知道，一定知道，一定知道！」

艾兒女士被刺激到，跟著回嘴三次。

「啊？怎麼，想打架嗎？」

刺刺怪見狀，趕緊擺出架式。

「跟你打架？哼，無聊透頂。」

艾兒女士把臉撇到一旁。

「啊，還得趕快回去挖洞。晚上會愈來愈冷……抱歉啦，我還很忙。下次再來跟

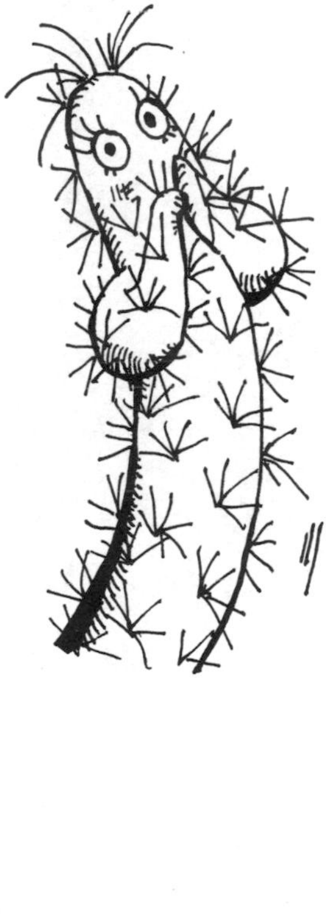

妳打。」

刺刺怪迅速轉身，「唰——」的離去。

「挖洞……是怎樣啊！」艾兒女士朝著刺刺怪的背影喊道。

她一想到祖特在洞裡被刺扎得哇哇叫，便忍不住笑了出來。

「雖然對不起他，那正是刺刺怪友好的象徵嘛。」

她熟練的拔出插在牆上的刺，收進抽屜。

「這次沒有被刺到。我已經抓到閃避的訣竅了。等蒐集夠多刺，就輪到我加倍奉還！」

說完後，她俐落的拍拍雙手。

隔天從一早開始，便是風和日麗的天氣。

艾兒女士從井底打水，裝進大水缸。自從張貼重新開店的告示後，上門的客人只有祖特一位。即使如此，她還是得做好隨時招待客人的準備。

她一如往常的喝著茶，看著窗外景色。沙子發出細小的聲響，不斷流動。

忽然間，遠方出現一個小小的龍捲風，朝這個方向過來。龍捲風左邊晃一下，右邊晃一下，像在玩耍似的。

艾兒女士見狀，急急忙忙奔出門，跑向那個小龍捲風，一屁股坐上去。龍捲風載著她轉啊轉啊轉啊轉，周遭的景色也轉個不停。

「哇——哇——」艾兒女士開心的大叫。

「繼續轉！繼續轉！」

她的雙腿不斷上下擺動。

「是真的，是真的，是真的！」

她興奮得不得了，一連喊了三次。龍捲風大概也很開心，一口氣拉高，接著應聲散開。艾兒女士被往上拋，落到沙塵形成的小丘上。

「我搭上龍捲風，搭上去，搭上去了！祖特回來後，一定要跟他炫耀一下！」

此刻的她是三倍興奮，而且大概還會維持好一段時間。

咚、咚、咚

「有人在嗎——」

門外傳來可愛的叫喚聲。現在是大白天，不太可能是刺刺怪。

「好好好，馬上來。」

艾兒女士小跑步過來應門。

站在外面的，是一位戴紅帽子，背紅背包的女子。

「請問，請問，請問——」

她似乎很慌張，連話都無法好好說。

艾兒女士趕緊裝一杯水遞給她。

女子咕嘟咕嘟的喝完水後，喘一大口氣。

「謝謝妳。幸會。」接著，她摘下帽子。

這個女孩有一對骨碌碌的大眼，散發出千金小姐的氣息。

「請問，有沒有一位叫做『祖特』的人來過這裡？」

「有有有，前幾天來過。不過他去沙漠後，還沒回來。」艾兒女士回答她。

「哇——真的嗎？」

女子興奮的跳起來。

「果然，果然，果然沒錯！」

她同樣將一句話重複三遍。

說完後，她立刻往沙漠跑去。

「等一下，等一下！記得帶水，水！」

「我身上有帶，不用擔心。還有請記得，我是奇可！」

奇可留下這句話，便消失在層層沙丘的陰影中。

當天深夜，又有人來敲門。

「是我，刺刺怪。」

艾兒女士爬下床，走去開門。

在月光的照耀下，刺刺怪無精打采的站著。身上的刺也略微下垂，失去生氣。

「發生了什麼事？」

「沒什麼，沒什麼，沒什麼。」

同樣的話重複三次，很明顯代表發生了什麼。

「我挖了一個大大的洞，像房間一樣。」他失落的說道。

喔——原來如此。可見得，那是兩人份的大洞。

「進屋吧。」艾兒女士說。

「不用。進去的話，刺會掉下來。可以靠著這面牆嗎？」

「是可以……」

「謝謝妳。今天晚上想找個人陪。」

「好啊。我們一起賞月吧。」

艾兒女士搬來一把椅子，坐到刺刺怪的旁邊。

看樣子，刺刺怪是失戀了，多麼可憐。

皎潔的滿月下，艾兒女士和刺刺怪坐在一起，聊起小時候的往事。

就這樣，他們在不知不覺中坐著睡著了。

天亮之後。

艾兒女士醒了過來。由於整個晚上一直這麼坐著，導致身體僵硬得要命。她稍微伸展筋骨後，才站起身。往旁邊一看，刺刺怪仍然待在同樣的位置，直立著身體，動也不動。

「刺刺怪，你還在啊？」

艾兒女士出聲詢問，但是刺刺怪沒有答話，眼睛跟雙手也沒有任何動靜。

刺刺怪完全成了一株仙人掌。

艾兒女士感到胸口一陣酸澀。

「你就待在這裡，永遠不要離開喔。我也希望，有誰能陪在身邊。」

她下意識的伸出手，想輕撫刺刺怪的肩膀，但又連忙收回來。他身上的刺已經跟昨晚不同，重新變得挺拔銳利。

遠處有什麼東西在轉個不停。

「哇！哇！哇！」還聽得到歡笑的聲音。

艾兒女士急急忙忙的出門看看。小小的

龍捲風載著祖特和奇可，左邊晃晃，右邊晃晃，往這個方向靠近。

艾兒女士瞇細眼睛，看著他們來到面前。小龍捲風一個伸展，將兩人往上拋，自己散成一座小沙丘。祖特與奇可一屁股落在沙丘上。

「找到了！找到了！終於找到了！」

祖特跟出發之前一樣，同樣的話重複三遍。

「祖特好厲害！連龍捲風都坐得上去！」

奇可驕傲的勾住祖特的手臂。

「咦？」

這時，祖特注意到仙人掌。

「刺刺怪？是刺刺怪沒錯吧？之前真的很謝謝你。」

他走上前，打算跟刺刺怪握手。

下一秒，他叫了聲「好痛！」手指上也多了根刺。

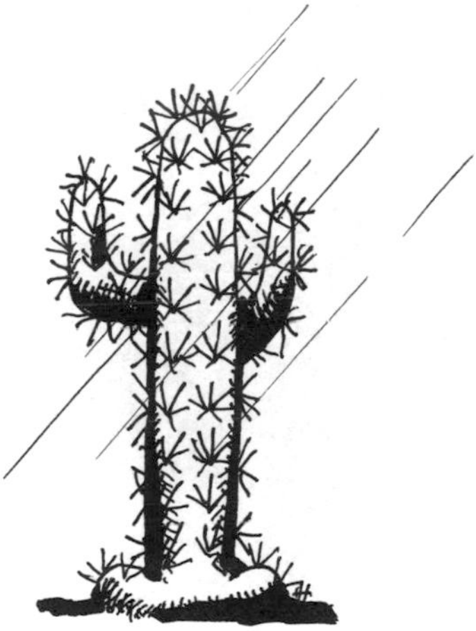

奇可連忙幫他拔出刺。

「你在做什麼啊？怎麼可以碰仙人掌！」

艾兒女士凝視著刺刺怪，他仍然動也不動。

「不過啊，這棵仙人掌是我從小就很重要的朋友。他只會對很喜歡的人射刺，代表很喜歡你。沒錯吧，刺刺怪？」艾兒女士這麼說道。

「是這樣喔！」

祖特將被刺痛的手指放進嘴裡含著。

「非常謝謝你，讓我在沙漠裡度過溫暖的夜晚。」

接著，他低頭向刺刺怪道謝。

刺刺怪什麼也沒說，只是默默的站著。

不過，他長滿刺的睫毛好像微微動了一下。

「艾兒女士，謝謝妳的照顧。」

奇可也向艾兒女士鞠躬道謝。

「我們會再來的。」祖特這麼對刺刺怪說。

「沒錯，一定會再來。」奇可也這麼告訴艾兒女士。

接著，兩個人手勾著手，晃著背上的背包踏上歸途。

在那之後，刺刺怪一直佇立在艾兒女士的店門口。既不說話，也沒有任何動作。不過，他始終站在

那裡，從不離開。

「刺刺怪，要不要一起開店？」艾兒女士對他提議道。

「客人來買水時，我會告訴他，這是我們兩人的店。」

刺刺怪依然只是佇立著。既不說話，也沒有任何動作。不過，他始終站在那裡，從不離開。

「我說啊，你偶爾也開個口嘛。」

艾兒女士三不五時對他搭話。

「喂，聽到了嗎？」

刺刺怪還是沒有反應。既不說話，也沒有任何動作。不過，他始終站在那裡，從不離開。

某天早上，艾兒女士打開店門後，看見刺刺怪的眼睛充滿笑意。他發出久違的聲音。

「妳看，有個小東西來陪妳聊天囉。」

一隻天藍色的小鳥飛過來，停在艾兒女士的肩上，張開小口動個不停。

吱吱　喳喳　吱吱　喳喳　吱吱喳喳

小鳥的嘴巴動得很快，似乎說了很多話。

「啊呀，看看這個小傢伙！喔？嗯嗯，嗯嗯，這樣啊……」

艾兒女士歪起頭，打量這隻小鳥，跟著說起自己也聽不懂的話。

「滿意了嗎？」

刺刺怪對她咧嘴一笑。

「嗯。很可愛。」

小鳥停到艾兒女士伸出的手掌，忙不迭的吱吱喳喳，艾兒女士也輕輕撫摸牠。

「站了這麼久，我也累了。」

刺刺怪突然晃了晃身體，全身的刺跟著飛出來。

艾兒女士趕緊用雙手包住小鳥，往後跳一步。

「小艾兒啊，這樣妳就有好夥伴了呢。以後還是要好好的過日子啊。不管怎麼樣，我的任務算是完成了吧。」

刺刺怪一副大人樣的說完後，

「唰——」的走了出去。

唰——唰——

「再見啦。」

他揮揮圓滾滾的手，在一臉訝異的艾兒女士注視下進入沙漠。那逐漸消失於沙丘另一端的身影，早已不再是當年小小的刺刺怪。

艾兒女士本來想追上去，但隨即停下腳步，靜靜望著他消失之處。

艾兒女士為小鳥取了「小刺」這個名字。在往後的日子裡，她跟小刺每天都有聊不完的話。

攝影師帕查的話

那是在我十七歲，剛進入春天沒多久的事。我在外信步閒晃，來到克里克海岸以北深處，一片大草原上午睡。我縱情伸展雙手雙腿，望著無邊無際的蔚藍天空。那是個無可挑剔的大好晴天。

在不經意之間，淚水從我的眼角流下。

這是怎麼回事！

我慌張起來，用手背抹掉淚水。

明明沒有什麼悲傷或後悔的事——

淚水卻自顧自的滲出眼眶，化為細流。

透過淚水看見的天空，呈現最純粹的藍色。

當時，天空的一角出現黑點。黑點不斷的輕輕跳動，往這裡飛過來。

那躍動的姿態，如同乘著波浪一般。

啊！那不就是傳聞中的女孩嗎？

我已經在很多地方聽說，克里克城裡住著一名年輕的魔女。

不過對我來說，魔女是相當遙遠的存在。

我透過朦矓的視線定睛細看，但魔女還是太遙遠，無法看清長相。
耳邊依稀傳來收音機的聲音。魔女彷彿放著廣播，操縱掃帚飛行。
她就那樣劃過蔚藍的天空——
看起來多麼愉快自在，沒有包袱——
如同在說：「這就是我的天空」。
在此之前，我從不了解「快樂」是什麼感受。
快樂的心情總是跟愧疚沒什麼兩樣。
我總是用懷疑的目光看世界。
我一直認為，若不抱持懷疑，就看不見真實的事物。
空中的小黑點混雜在藍天裡，漸漸遠去。
當我察覺時，自己已經站起身，融入藍天的擁抱中。
這一刻，我感覺自己產生了變化。

一年過後，我將相機放入背包，踏上旅程，前往世界各地。

在那之後，便誕生了一本攝影集。

每張相片裡，都是在藍天的擁抱下生活的人。

他們有的神采奕奕的耕田，有的追逐羊群，有的划船，有的鋸木頭，還有人愉快的唱歌跳舞。這些人的心，你是否也能看見？

作者後記

六年前，耗時二十四年的「魔女宅急便」系列在第六集完結，琪琪的故事終於畫下句點。這部作品承蒙許多人閱讀，才得以成為充滿幸福的故事。不論是琪琪還是我，都抱著滿滿的感謝。從此得跟琪琪道別，固然感到寂寞，在那之後，我也開始想寫擱置多年關於我個人的故事。這是關於自己的親生母親，關於年輕時居住過的巴西，以及童年時代發生的戰爭種種。在執筆的過程中，《魔女宅急便》世界的人們不時浮現在我的腦海。他們在故事結束後，過著什麼樣的生活？在那些故事發生之前，說不定存在著更早的前日談，或是不為人知的小軼事。

由身為作者的我來說可能很奇怪。不過，連我自己都對他們愈來愈好奇。這個念頭愈來愈難抑制，於是誕生了這本特別的《遇見琪琪的人們》。索娜太太的年輕時代、市長先生的私房往事、艾兒女士遇到的神奇事情，以及只是從遠處看見天空中的琪琪，從未跟她說過話的年輕人……

在各個角落，都能找到跟琪琪相關的地方。你不妨一邊尋找，一邊回頭重溫「魔女宅急便」系列。如果你透過這本書認識《魔女宅急便》，進而產生興趣，開始想閱讀看看，對琪琪和我來說，都是相當幸福的事。

老實說，其他還有好多讓我在意的事情。例如琪琪的小孩，托托會變成什麼樣的大人？蔻蔻這個女孩，會選擇什麼樣的人生？這麼說來，琪琪的婚禮又是什麼樣子……連身為作者的我自己，都還有好多好多想知道的事情。

如果還有精神，我打算繼續撰寫圍繞在琪琪身邊的故事。到時候一定要閱讀喔！

正因為有人閱讀，故事才擁有生命。

角野榮子

二〇一五年秋

故事館82
魔女宅急便特別篇1與琪琪相遇的人們
魔女の宅急便特別編1キキに出会った人びと

作　　者　角野榮子
繪　　者　佐竹美保
譯　　者　涂祐庭
封面設計　莊謹銘
校　　對　呂佳真
編輯協力　沈如瑩
責任編輯　汪郁潔

國際版權　吳玲緯
行　　銷　何維民　吳宇軒　陳欣岑　林欣平
業　　務　李再星　陳紫晴　陳美燕　葉晉源
副總編輯　巫維珍
編輯總監　劉麗真
總 經 理　陳逸瑛
發 行 人　涂玉雲
出　　版　小麥田出版
10483台北市中山區民生東路二段141號5樓
電話：(02)2500-7696
傳真：(02)2500-1967
發　　行　英屬蓋曼群島商家庭傳媒股份有限公司
城邦分公司
10483台北市中山區民生東路二段141號11樓
網址：http://www.cite.com.tw
客服專線：(02)2500-7718｜2500-7719
24小時傳真專線：(02)2500-1990｜2500-1991
服務時間：週一至週五09:30-12:00｜13:30-17:00
劃撥帳號：19863813　戶名：書虫股份有限公司
讀者服務信箱：service@readingclub.com.tw
香港發行所　城邦（香港）出版集團有限公司
香港灣仔駱克道193號東超商業中心1/F
電話：852-2508 6231
傳真：852-2578 9337
馬新發行所　城邦（馬新）出版集團 Cite (M) Sdn Bhd.
41-3, Jalan Radin Anum,
Bandar Baru Sri Petaling,
57000 Kuala Lumpur, Malaysia.
電話：+6(03) 9056 3833
傳真：+6(03) 9057 6622
讀者服務信箱：services@cite.my
麥田部落格　http://ryefield.pixnet.net
印　　刷　漾格科技股份有限公司
初　　版　2020年7月
一版四刷　2021年9月
售　　價　220元

ISBN 978-957-8544-39-0
Printed in Taiwan.
本書若有缺頁、破損、裝訂錯誤，請寄回更換。

國家圖書館出版品預行編目資料

魔女宅急便特別篇. 1, 與琪琪相遇的人們／角野榮子作；佐竹美保繪；涂祐庭譯. -- 初版. -- 臺北市：小麥田出版：家庭傳媒城邦分公司發行, 2020.07
面；　公分. --（故事館；82）
譯自：魔女の宅急便特別編. 1, キキに出会った人びと
ISBN 978-957-8544-39-0（平裝）
861.596　　109007418